# Tentación irresistible

Kathie DeNosky

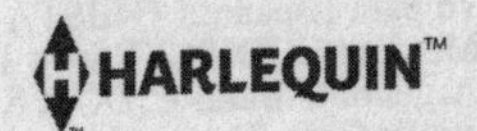

Editado por Harlequin Ibérica.
Una división de HarperCollins Ibérica, S.A.
Núñez de Balboa, 56
28001 Madrid


Tentación irresistible, n.º 2092 - 7.9.16
Título original: Tempted by the Texan
Publicada originalmente por Harlequin Enterprises, Ltd.



I.S.B.N.: 978-84-687-8269-0
Depósito legal: M-23008-2016
Impresión en CPI (Barcelona)
Fecha impresion para Argentina: 6.3.17
Distribuidor exclusivo para España: LOGISTA
Distribuidores para México: CODIPLYRSA y Despacho Flores
Distribuidores para Argentina: Interior, DGP, S.A. Alvarado 2118.
Cap. Fed./Buenos Aires y Gran Buenos Aires, VACCARO HNOS.

# *Capítulo Uno*

Después de pasarse el día trabajando en el rancho que había comprado unos meses atrás, Jaron Lambert entró en el Broken Spoke en busca de tres cosas: un bistec, una cerveza fría y una mujer dispuesta a pasar un buen rato, sin ataduras. Sin embargo, cuando se sentó en una de las mesas del fondo y paseó la mirada por el local, se dijo que con el bistec y la cerveza también se conformaría, y luego se volvería a casa solo.

No era que no hubiera mujeres en el bar, o que no se hubiesen fijado en él cuando había entrado. De hecho, había dos jugando al billar, y unas cuantas más sentadas alrededor de un par de mesas que habían juntado. Sin duda un grupo de amigas que había salido a divertirse.

Una de ellas, bastante bonita, incluso le había sonreído, pero ni ella ni ninguna de las otras había despertado su interés. Quizá fuera porque estaba cansado. O, más probablemente, porque no podía quitarse de la cabeza a cierta morena de largas piernas y los ojos más verdes que había visto nunca.

Irritado consigo mismo por desear a una mujer que sabía que jamás podría tener, pensó que debería haber llamado a alguno de sus hermanos para ver si querían cenar con él. Así al menos habría tenido a alguien con quien hablar mientras comía. Pero ahora todos sus hermanos estaban casados y con hijos, y lo normal era que quisieran estar con sus familias.

Se acercó a su mesa una camarera joven que estaba mascando chicle.

–¿Qué te traigo, guapo?

Jaron decidió pasar del bistec y pedir solo una cerveza. Cuando se la terminase volvería a casa, se calentaría una pizza en el horno y se la comería viendo la televisión.

–Un botellín de Lone Star.

–Marchando –respondió la chica con una sonrisa antes de alejarse.

Al poco rato estaba de vuelta. Plantó un posavasos sobre la gastada mesa y colocó encima el botellín.

–Usted es Jaron Lambert, ¿no? –le preguntó. Su sonrisa coqueta se hizo más amplia cuando él asintió–. El que ganó el título de Campeón Mundial de Rodeo en Las Vegas justo antes de Navidad, ¿verdad?

Él asintió de nuevo, y al ver que la chica se quedaba allí plantada, como expectante, inquirió:

–¿Estuviste allí?

La chica sacudió la cabeza.

–No me podría permitir un viaje a Las Vegas con lo que gano. Lo vi por la tele –le explicó. Y luego, con una sonrisa seductora, añadió–: ¡Estaba usted tan sexy cuando le dieron el premio…!

Por cómo lo estaba mirando, era evidente que quería algo más que hablar de su victoria en Las Vegas, pero no iba a seguirle el juego. Durante años había rehusado sucumbir al coqueteo de otras como ella, que se morían por acostarse con el ganador del trofeo, y se alegraba de haber dejado los rodeos hacía un par de meses. Con un poco de suerte, poco a poco la gente se olvidaría de él y perdería interés para esa clase de chicas.

Como no respondió a su coqueteo, la camarera encogió un hombro.

–Bueno, si necesita algo más, lo que sea, no tiene más que llamarme.

–Gracias –respondió Jaron, y tomó un trago de su cerveza mientras la veía alejarse hacia otra mesa.

Cuando hubo apurado el botellín, sacó unos cuantos dólares de su cartera y los puso sobre la mesa. No tenía sentido pedir otra cuando en la nevera de casa tenía una docena de latas.

Sin embargo, cuando estaba levantándose, se fijó en una joven que acababa de entrar y se dirigía a la barra. Soltó una palabrota en voz baja y volvió a sentarse. ¿Qué diablos estaba haciendo allí?

Llevaba un vestido rojo con mangas caídas que dejaban al descubierto sus hombros. Era un vestido ceñido, que le sentaba como un guante, resaltando sus senos y la curva de sus caderas, y Jaron tragó saliva mientras sus ojos descendían por la falda, que terminaba a mitad del muslo, exhibiendo sus piernas, largas y torneadas.

Luego, cuando sus ojos se posaron en los zapatos de tacón de aguja que calzaba, lo sacudió una ráfaga de deseo tan fuerte, que tuvo que apretar los dientes para contenerla.

Parecía que no era el único que se había fijado en

ella. Un tipo desaliñado se acercó a ella y se apoyó a su lado en la barra, dedicándole una sonrisa lasciva. Ella lo miró, sacudió la cabeza y siguió hablando con el barman.

El tipo, sin embargo, no se dio por vencido y siguió intentando que le prestara atención. Ella le había dejado muy claro que no quería nada con él, pero, o aquel baboso estaba borracho, o bien era demasiado estúpido o demasiado cabezota como para no aceptar un no por respuesta.

Fue cuando el tipo la agarró del brazo y Mariah se revolvió cuando Jaron se levantó; no podía quedarse allí mirando sin hacer nada. Fue hacia la barra como un toro enfurecido y le pegó un puñetazo en la mandíbula a aquel bastardo, que cayó al suelo igual que un muñeco de trapo.

–¿Jaron? –exclamó Mariah, como sorprendida de encontrarlo allí–. ¿Pero qué has hecho?

–Salvarte el trasero –le respondió él enfadado.

–¡Eh, ese al que ha tumbado es nuestro amigo! –gritó un hombre con barba, yendo hacia ellos.

–¿Algún problema? –le espetó Jaron, mirándolo con los ojos entornados.

El barbudo, al ver que le sacaba por lo menos un par de palmos, se quedó mirándolo un momento antes de sacudir rápidamente la cabeza.

–No, no busco pelea ni nada de eso –le aseguró, dando un par de pasos atrás.

–Pues entonces le sugiero que recojan a su amigo y que le diga que no vuelva a molestar a la señorita –le contestó Jaron.

Mientras lo levantaban del suelo, Jaron se volvió hacia Mariah y, rodeándole la cintura con el brazo, la sacó de allí. Ella intentó revolverse, pero Jaron no se detuvo hasta llegar al coche de ella, que estaba estacionado en el aparcamiento.

–Pero ¿qué te pasa?, ¿has perdido la cabeza? –lo increpó Mariah cuando se detuvo junto al pequeño sedán.

–¿Que qué me pasa? ¿A ti te parece normal entrar en un bar vestida así, como si estuvieses pidiendo a gritos un revolcón?

Mariah se apartó de él y lo miró furibunda.

–Eso no es verdad –replicó–. ¿Y qué tiene de malo cómo voy vestida? A mí me parece que voy bien.

Jaron se cruzó de brazos y la recorrió con la mirada, desde su cabello castaño oscuro hasta los zapatos de tacón de aguja. Ese era el problema, que estaba tan guapa que llamaba demasiado la atención.

–¿Cómo se te ocurre entrar en el Broken Spoke sola? –la increpó.

–No es asunto tuyo, pero venía de una reunión en Fort Worth y de vuelta a casa el coche empezó a hacer un ruido raro. Conseguí llegar hasta este aparcamiento antes de que dejara de funcionar, y al ver que me había quedado sin batería en el móvil, he entrado para pedir que me dejaran llamar a la grúa. Y aunque hubiera venido aquí por otro motivo –añadió entornando los ojos–, tampoco sería asunto tuyo. Sé defenderme; no hacía falta que vinieras en mi ayuda.

–Ah, claro, ya veo cómo evitaste que ese tipo te pusiera sus sucias manos encima –le espetó Jaron, haciendo un esfuerzo por no perder los estribos–. En el momento en que ese bastardo te agarró del brazo se convirtió en asunto mío.

Nunca se quedaba al margen cuando veía a un hombre molestando a una mujer y, en lo referente a Mariah, mientras le quedase aliento, no dejaría que nadie le faltase al respeto.

–¿Asunto tuyo? –Mariah sacudió la cabeza–. Durante todos estos años me has dejado muy claro que no tienes el menor interés en mí. A ver si te aclaras.

–Eres la hermana pequeña de mi cuñada; solo intento cuidar de ti.

–¡Por amor de Dios! –exclamó Mariah poniendo los ojos en blanco–. Mira, por si no te has dado cuenta –dijo plantando las manos en sus sensuales caderas–, ya no soy aquella chica ingenua de dieciocho años. Ya soy mayor. Tengo veinticinco años y sé cuidar de mí misma.

Jaron inspiró profundamente. Sí, se había dado cuenta hacía unos cuantos años de que Mariah ya no era la adolescente que había conocido cuando su hermano adoptivo, Sam Rafferty, se había casado con Bria Stanton, la hermana de ella.

Por aquel entonces Mariah había estado encaprichada con él –el típico enamoramiento adolescente–, y aunque él la encontraba atractiva, era nueve años mayor que ella, una diferencia de edad demasiado grande. Pero habría tenido que estar ciego para no haberse dado cuenta de que se había convertido en una mujer hermosa y muy sexy. Y ese era el problema.

Mariah se equivocaba de parte a parte al pensar

que no tenía ningún interés en ella. Tampoco lo llamaría amor, porque para llamarlo así antes tendría que creer en el amor, pero lo cierto era que pensaba mucho en ella, y que cuando coincidían en una reunión familiar no podía apartar los ojos de ella.

–Me da igual la edad que tengas cuando eres incapaz de ver el peligro –insistió.

–¿Qué peligro? –le espetó ella riéndose. Señaló el bar en la distancia y añadió–: Sam viene a cenar aquí con Bria un montón de veces. Igual que el resto de tus hermanos traen a sus esposas.

Jaron soltó una carcajada áspera.

–¿Crees que algún hombre se atrevería a acercarse a ellas? Mis hermanos lo tumbarían de un puñetazo.

Mariah lo miró irritada y sacudió la cabeza.

–No voy a entrar en un debate contigo sobre esa anticuada idea tuya de que una mujer no puede salir sin un hombre que la proteja. Y ahora, si no te importa, ha sido un día muy largo, estoy cansada y tengo que hacer esa llamada.

Iba a echar a andar de nuevo hacia el bar, pero él se interpuso en su camino.

–No vas a volver ahí dentro –le dijo, asiéndola por los hombros.

–Jaron Lambert, te juro que si no…

Antes de poder contenerse, Jaron la atrajo hacia sí y le impuso silencio con un beso. Y en el mismo momento en que sus labios tocaron los perfectos labios de ella, lo abandonó por completo el sentido común, y sucumbió tras todos esos años resistiendo la tentación y negando la atracción que sentía por ella.

La rodeó con los brazos y la apretó aún más contra sí. El sentir sus senos aplastados contra su pecho y su cuerpo pegado contra el de él hizo que en su vientre aflorara una abrasadora ola de calor. Sin pensar en las consecuencias hizo el beso más profundo, y ella no se revolvió, sino que continuó, se agarró con ambas manos a su cazadora vaquera y se derritió contra él como si fuera de mantequilla.

Una nueva ráfaga de calor lo sacudió. Al instante notó como cierta parte de su cuerpo se animaba, y cuando Mariah se estremeció y se apretó aún más contra él, supo que ella también lo había notado.

El corazón le palpitaba con fuerza. Hacía tanto tiempo que la deseaba que si no ponía freno a aquello, y pronto, tal vez no fuese capaz de parar. Cuando intentó apartarse, Mariah no hizo sino besarle aún con más ardor, pero hizo acopio de toda su fuerza de voluntad, despegó sus labios de los de ella y dio un paso atrás antes de que le hiciera olvidar que era un caballero.

Luego inspiró profundamente y le preguntó:

–¿Qué le pasa a tu coche?

–Eh… Pues… No estoy segura –contestó ella jadeante, igual que él–. Oí un ruido raro y unos minutos después me di cuenta de que las luces cada vez estaban más flojas. Y cuando aparqué aquí se apagaron por completo y el motor se paró. Giré la llave en el contacto para arrancarlo de nuevo, pero no hace nada.

–Puede que esté mal la batería, o el alternador –dijo Jaron, agradecido por poder concentrarse en otra cosa que no fuera ella.

Parecía que ella tampoco quería hablar de lo que acababa de ocurrir; tanto mejor.

–¿Me costará mucho la reparación? –inquirió Mariah, mordiéndose el labio inferior.

No estaba intentando provocarlo, pero a Jaron le costó contenerse para no besarla de nuevo.

–No te preocupes, haré que mis hombres vengan a recogerlo por la mañana y vean qué se puede hacer. Tengo un empleado que es mecánico, y no hay avería que se le resista.

–Eso es estupendo, pero... ¿cómo voy a volver a casa? –inquirió ella, masajeándose la sien con los dedos, como si le estuviese entrando dolor de cabeza.

De pronto se oyó un trueno, y se vio en la distancia el destello de un rayo. Mariah gimió irritada.

–¡Genial! Sencillamente genial. Todavía me faltan ciento cincuenta kilómetros para llegar a casa, el coche no arranca, y ahora va a ponerse a llover. ¡Y yo que pensaba que el día de hoy no podía empeorar...!

Jaron la miró pensativo, preguntándose qué debería hacer. Se estaba haciendo tarde y no tenía demasiadas opciones. Había tenido una jornada de trabajo muy intensa y estaba rendido, y ella también parecía agotada. Podría llevarla de regreso a Shady Grove, pero no le apetecía nada conducir hora y media con lo cansado que estaba. No cuando tenía un montón de habitaciones libres en el rancho, a menos de veinte kilómetros.

–No te preocupes por eso –le dijo, mirando su reloj–. Puedes quedarte en mi casa esta noche, y volver a Shady Grove mañana, cuando el coche esté arreglado.

–No quiero molestarte –la fría brisa de febrero le agitó la larga melena castaña a Mariah–, ¿no podrías llevarme a casa de Sam y Bria?

Desde luego sería lo mejor para ambos, pero por desgracia no era posible.

–Se han ido a Houston esta mañana, a una feria de ganado.

Ella se quedó vacilante unos segundos, como si estuviera pensando qué otra cosa podía hacer, y al verla dejar caer los hombros supo que había llegado a la misma conclusión que él.

Mariah exhaló un pesado suspiro.

–Parece que no tengo elección, ¿no?

Él sacudió la cabeza.

–Tengo habitaciones libres en casa; no será ninguna molestia que te quedes a pasar la noche.

–Está bien –claudicó ella finalmente.

Sacó del coche una cazadora de cuero negra y se la puso.

Ninguno de los dos habló mientras iban hacia la camioneta de él. La culpa era de él, que había sucumbido a la tentación de besarla, y no podía volver a ocurrir. Otro beso como ese, y perdería por completo el poco sentido común que le quedaba, se dijo mientras se subían a la camioneta. Sería un error dejarse llevar de nuevo por el deseo, porque Mariah merecía a alguien mejor que él, un hombre que no estuviese marcado por las cicatrices del pasado.

***

Cuando la camioneta pasó bajo el arco de entrada del rancho Wild Maverick, el corazón a Mariah le palpitó nervioso. Todavía no podía creer que Jaron la hubiera besado, y mucho menos que fuera a pasar la noche en su nuevo rancho.

A los dieciocho años se había encaprichado de él, y no había hecho otra cosa que soñar con que él se fijara también en ella. Jaron se había dado cuenta de que le gustaba, y se había comportado siempre como un perfecto caballero.

No había flirteado con ella para que le inflara el ego, pero tampoco había desdeñado de un modo cruel sus sentimientos. Sabía que pensaba que era demasiado mayor para ella.

A medida que pasaron los años habían continuado viéndose en las reuniones familiares, y en más de una ocasión había pillado a Jaron mirándola, de lo que deducía que la encontraba atractiva, pero para decepción suya nunca le había pedido salir, ni la había tratado de un modo distinto a cuando era una adolescente.

Sin embargo, algo había cambiado esa noche entre ellos, pensó lanzándole una mirada. Nunca lo había visto tan furioso. Y luego ese beso en el aparcamiento...

La habían besado muchas veces y, aunque había sido agradable, ninguno de esos besos había sido como el beso que le había dado Jaron. Había sido un beso con tanta pasión que había sido una experiencia abrumadora.

Pero aún más sorprendente era que después de aquel beso los dos hubiesen hecho como si no hubiese pasado nada.

–Increíble…

–¿Qué es increíble? –inquirió él, tras tirar del freno de mano y apagar el motor.

Mariah, que no se había dado cuenta de que lo había dicho en voz alta, se encogió de hombros.

–Estaba pensando en el día tan horrible que he tenido –mintió.

–Son cosas que pasan –respondió Jaron, bajándose de la camioneta–. Tal vez mañana tengas un día mejor.

–No creo que pueda ser peor que hoy –contestó ella, abriendo su puerta.

Antes de que pudiera dilucidar cómo bajarse de la camioneta sin romperse uno de los tacones o torcerse un tobillo, Jaron la tomó de la cintura y la depositó en el suelo. La sensación de sus grandes manos ciñéndole la cintura hizo que una ola de calor la invadiera.

–Gra-gracias –musitó cuando la soltó.

Cuando entraron en la casa, Jaron soltó las llaves sobre el mueble del vestíbulo y se volvió hacia ella.

–¿Quieres comer algo? –le preguntó–. Tengo un par de pizzas congeladas.

–No, gracias –respondió ella encogiéndose de hombros–. Paré en una cafetería a tomar algo después de la reunión –lo que no añadió era que apenas había probado bocado después de enterarse en la reunión de que estaba sin trabajo a partir de ese momento–. Si no te importa, creo que me iré a la cama.

–Por supuesto que no. Ven, te llevaré a tu habitación.

Subieron al piso de arriba, y Jaron abrió la primera

puerta y pulsó un interruptor en la pared que encendió la lámpara de la mesilla de noche.

–Si no te gusta tienes cuatro más para elegir –le dijo.

–No, está bien –contestó ella mirando a su alrededor.

–Al principio iba a dejar los dormitorios vacíos, pero Bria me aconsejó que los amueblara, por si algún día tenía invitados –le explicó Jaron encogiéndose de hombros–. Aunque dudo que vaya a tener nunca tantos.

–Y si pensabas que no ibas a darle ninguna utilidad a todos esos dormitorios, ¿por qué compraste una casa tan enorme? –inquirió ella.

–Porque quería estas tierras. Estoy a menos de una hora en coche de los ranchos de mis hermanos; así podemos echarnos una mano cuando lo necesitemos.

A Mariah no le sorprendía que Jaron quisiese vivir cerca de sus hermanos. Por lo que su hermana le había contado, todos ellos habían tenido problemas con la justicia en la adolescencia, y los servicios sociales se habían desentendido de ellos por considerarlos causas perdidas. Los habían enviado a trabajar al rancho Last Chance, y gracias a su dueño, un buen hombre llamado Hank Calvert, todos habían conseguido resolver sus problemas y darle un giro a sus vidas. Todos ellos se habían convertido en hombres honrados y trabajadores, y era natural que al alcanzar la mayoría de edad se hubiese forjado un vínculo fraternal entre ellos.

–Ojalá yo también pudiera vivir cerca de Bria –dijo Mariah con tristeza.

Y entonces ocurrió algo inesperado: Jaron dio un paso hacia ella y le apartó un mechón del rostro.

–Quizá un día la inmobiliaria para la que trabajas abra una sucursal por aquí y puedas venirte a vivir cerca de ella –le dijo.

Aquel gesto tan tierno y el recordar que ya no tenía trabajo hizo que a Mariah le entrasen ganas de llorar.

–Dudo que… eso llegue a ocurrir –murmuró, parpadeando para contener las lágrimas.

–¿Qué pasa, Mariah? –inquirió él suavemente, con una nota de preocupación en su profunda voz.

–Nada –mintió ella–. He tenido un día horrible… que preferiría olvidar lo antes posible.

No quería entrar en detalles sobre el vuelco que había dado su vida. En menos de veinticuatro horas había perdido a su novio, a su compañera de piso y su trabajo. Lo de su novio no le había importado demasiado porque no llevaban juntos más que un par de semanas y tampoco iban en serio. De hecho, nunca habrían llegado a nada serio, y los dos los sabían. Por eso ni se había molestado en decirle a su hermana que estaba saliendo con alguien. En cambio, el haber perdido a su compañera de piso y su trabajo la había destrozado. Su compañera de piso se había marchado sin decirle nada, y ahora tendría que encontrar la manera de pagar también su parte del alquiler… lo cual sería imposible ahora que se había quedado en el paro.

Jaron vaciló un instante antes de atraerla hacia sí y estrecharla entre sus brazos.

–Estoy seguro de que mañana por la mañana, cuando hayas descansado, te sentirás mejor.

–Lo dudo, pero gracias por los ánimos.

Sabía que Jaron solo pretendía tranquilizarla, pero era tan maravilloso estar rodeada por sus fuertes brazos que, sin pensarlo, se apretó contra él.

Jaron se quedó muy quieto y murmuró:

–Mariah… creo que deberías irte ya a la cama.

Ella asintió, pero fue incapaz de apartarse de él.

–Sí, supongo que sería lo mejor.

Él tampoco se movió hasta pasado un rato, cuando le levantó la barbilla para que lo mirara a los ojos.

–Por favor, dime que me aleje de ti y te deje tranquila y lo haré.

Mariah sabía que era eso lo que debería hacer, pero en vez de eso sacudió la cabeza.

–No puedo, Jaron.

–Pues esto es un error –le advirtió él con expresión atormentada–. No te conviene un hombre como yo.

–Esa es tu opinión –replicó ella en un tono quedo–. Pero yo no lo veo así; nunca lo he visto así.

Jaron se quedó mirándola antes de negar con la cabeza.

–No digas eso, Mariah.

–Solo estoy siendo sincera contigo –murmuró ella.

Jaron cerró los ojos como si estuviese luchando contra sí mismo, antes de volver a abrirlos y clavar su mirada en la de ella. Luego bajó lentamente la cabeza y la besó con tal ternura que un cosquilleo le recorrió la espalda. Mariah pensó que se quedaría en eso, en un beso casto y puro, que la soltaría y daría un paso atrás, pero en vez de eso continuó besándola, y pronto el beso se tornó apasionado y sensual.

Cuando su lengua acarició la de ella, volvió a sentir el mismo calor que la había invadido en el aparcamiento y le flaquearon las rodillas. Cuando Jaron la atrajo aún más hacia sí, notó la creciente erección contra su vientre, y de inmediato sintió que, en respuesta, una ráfaga de deseo afloraba entre sus muslos.

El corazón le dio un vuelco. Sabía que si se lo pidiese Jaron pararía, aunque le resultase difícil, pero no era lo que ella quería. Llevaba una eternidad esperando aquel momento, y no quería que terminara.

Cuando Jaron despegó sus labios de los de ella y la miró, la cabeza le daba vueltas.

–Mariah –le dijo jadeante–, un beso es un beso. Pero si no paramos ahora mismo, las cosas llegarán mucho más lejos.

–Me da igual –respondió ella con sinceridad. Le rodeó el cuello con los brazos y enredó los dedos en su corto cabello castaño–. Llevo soñando con esto desde que nos conocimos.

–No digas eso –Jaron volvió a cerrar los ojos y apretó la mandíbula, como si estuviera esforzándose por hacer lo que creía que era correcto–. No soy la clase de hombre que necesitas, Mariah.

–Ahí es donde te equivocas, vaquero –le susurró ella, poniéndole una mano en la mejilla–. Siempre has sido el hombre que necesito.

# *Capítulo Dos*

Jaron se sintió como si lo hubiese alcanzado un rayo cuando Mariah puso su delicada mano en su mejilla. Su melodiosa voz y la suavidad de la palma de su mano le estaban haciendo imposible pensar con claridad. La deseaba desde hacía años, y el haber estado reprimiéndose todo ese tiempo había sido un infierno para él.

Sabía que aquello estaba mal, que debería apartarse de Mariah y salir de la habitación, pero la necesitaba como el aire, necesitaba olvidar, aunque solo fuera por una noche, que nunca podría ser suya.

Mariah lo besó en el cuello, y cuando alzó la mirada hacia él y Jaron vio el deseo en sus brillantes ojos verdes, se quedó sin aliento. No estaba ayudándolo en nada.

–Sé que me deseas tanto como yo te deseo a ti.

¿De qué serviría negarlo? Estaba seguro de que había notado lo excitado que estaba. Sin embargo, tenía que intentar evitar que acabaran haciendo algo de lo que se arrepentirían los dos a la mañana siguiente.

–¿Estás segura de que es esto lo que quieres? Una vez hayamos cruzado esa línea, no habrá vuelta atrás.

–No había estado tan segura de nada en toda mi vida –respondió ella sin dudar.

–Pero es que… más allá de esta noche, no puedo prometerte nada –le advirtió él.

Mariah sacudió la cabeza.

–Ni yo te lo estoy pidiendo.

Tal vez, pero la conocía lo bastante como para saber que no era una mujer de una noche. Si se acostaba con un hombre, sin duda esperaría que fuese el comienzo de una relación.

Con un gruñido de frustración hundió el rostro en el sedoso cabello castaño de Mariah, y trató de recordarse todas las razones por las que sería un error hacer el amor con ella. Sin embargo, por más que se esforzó, no fue capaz de recordar ninguna. Un hombre tenía sus límites, y Jaron sabía que había llegado al límite.

Durante los últimos años había luchado contra la atracción entre ellos, pero de pronto sentía que ya no podía seguir haciéndolo. Tal vez fuera porque ya había probado sus labios. Tal vez por la soledad que lo había inundado cuando, uno tras otro, sus hermanos habían formado su propia familia. Tal vez porque, por el temor que tenía a convertirse en alguien como su padre, se había jurado que él jamás se casaría ni formaría una familia.

No, no sabía cuál era el motivo, pero tampoco importaba. Ya lidiaría con el sentimiento de culpa a la mañana siguiente; esa noche no iba a pensar en que aquello era un error. Iba a hacerle el amor a Mariah como si no hubiera un mañana.

–Vayamos a mi habitación –le sugirió, y la tomó de la mano para conducirla hasta allí.

Cuando entraron, atrajo a Mariah hacia sí, se inclinó hacia ella y sus labios descendieron beso a beso desde su mejilla hasta la garganta. Le quitó la chaqueta de cuero negra, y besó también la piel de satén de su hombro desnudo.

–¿Estás tomando la píldora? –le preguntó.

–Yo… em, no –murmuró ella sin aliento.

–No importa, ya me ocupo yo de eso –contestó él antes de besarla de nuevo en los labios.

Cuando levantó la cabeza, el deseo nublaba los bonitos ojos verdes de Mariah de tal modo, que se quedó sin habla. No había duda de que era la mujer más hermosa que había conocido y, probablemente ella no tenía la menor idea de lo sexy que era.

–Creo que hay… algo que deberías saber –musitó ella, vacilante.

–¿Has cambiado de idea?

–No, no es eso –contestó ella, esa vez sin la menor vacilación.

Jaron respiró aliviado.

–Bueno, sea lo que sea, puede esperar –dijo, agachándose para quitarse las botas.

–Pero es que es algo que creo que querrás saber –insistió ella.

Jaron se irguió y la besó en la mejilla.

–¿Quieres hacer el amor conmigo, Mariah? Pues eso es lo único que necesito saber.

No quería oír de sus labios confesiones sobre los otros hombres con los que se había acostado. Solo quería concentrarse en darle más placer del que nunca hubiera experimentado.

Cuando Mariah hizo ademán de ir a quitarse el vestido, él sacudió la cabeza y levantó una mano para detenerla y pedirle, sin palabras, que le permitiese hacerlo a él. Deslizó sus manos por los hombros desnudos de ella, y comenzó a bajarle lentamente el vestido.

–Llevaba queriendo hacer esto desde que te vi entrar en el bar.

Se lo bajó hasta la cintura, y luego lo deslizó por las caderas y sus largas piernas hasta que cayó al suelo, donde quedó hecho un gurruño alrededor de sus brillantes zapatos negros de tacón. El corazón a Jaron le palpitó con fuerza mientras la devoraba con la mirada. El sujetador negro de encaje sin tirantes y las braguitas a juego apenas la cubrían, y parecía una modelo. De hecho, pensó, si le pusieran unas alas de mentira a la espalda, podría pasar por uno de los «ángeles» de Victoria's Secret, esa marca de lencería que volvía loco a cualquier hombre con sangre en las venas.

–Eres preciosa… –dijo sin aliento, y se acuclilló para quitarle los zapatos.

Cuando volvió a incorporarse, ella alargó las manos para desabrocharle la camisa.

–Y tú llevas demasiada ropa encima –murmuró.

Observó en silencio mientras Mariah le desabrochaba cada botón antes de quitarle la camisa y arrojarla a un lado. Cuando puso las manos sobre su pecho desnudo se sintió como si lo hubiesen marcado a fuego con un hierro candente y se le disparó el pulso.

Jaron se desabrochó el cinturón, el botón de los

vaqueros, y se bajó con cuidado la cremallera. Luego se bajó los pantalones junto con los boxers hasta los tobillos, sacó los pies y arrojó ambas prendas a un lado de un puntapié.

Mariah recorrió a hurtadillas su cuerpo con la mirada, pero cuando llegó a su miembro erecto, puso unos ojos como platos antes de alzar la vista.

–¿Te pongo nerviosa? –inquirió Jaron, alargando los brazos por detrás de ella para desabrocharle el sujetador.

–No, cla-claro que no…

–Me alegra oír eso –Jaron arrojó al suelo el sujetador de encaje negro y le dio un largo beso antes de tomar sus senos en las palmas de las manos y mirarla a los ojos–. No tienes por qué estar nerviosa. Te prometo que será perfecto.

Mariah se estremeció cuando besó sus pezones endurecidos y bajó luego las manos para enganchar los pulgares en la cinturilla de sus braguitas.

Se las bajó lentamente, y cuando se las hubo sacado se incorporó y dio un paso atrás para admirar su bello cuerpo.

–Eres tan bonita… –dijo con voz ronca.

Cuando la tomó de nuevo entre sus brazos, una ráfaga de placer lo sacudió al sentir sus blandas y femeninas formas apretadas contra él. Mariah se relajó, y la levantó en volandas para llevarla a la cama.

Su largo cabello castaño quedó desparramado sobre la almohada, y al mirarla supo que jamás olvidaría la imagen de su esbelto cuerpo desnudo sobre las sábanas de satén.

Abrió el cajón de la mesilla para sacar un preservativo y lo metió bajo la almohada antes de tenderse a su lado.

–¿Tienes idea de lo hermosa que eres? –murmuró atrayéndola hacia sí.

Mariah le puso las manos en los hombros, y por la expresión de su rostro Jaron supo que había notado las cicatrices que tenía en ellos.

–¿Y estas cicatrices? –inquirió–. ¿Son heridas de un rodeo?

Jaron no quería mentirle, pero tampoco quería darle explicaciones.

–Todo el que compite en rodeos acaba un poco magullado –respondió. Sí, tenía cicatrices del tiempo que había participado en las competiciones, pero no las que estaba tocando ella en ese momento.

Para que no siguiera preguntándole por eso, fundió sus labios con los de ella. Incapaz de esperar más, su boca descendió por el cuello de Mariah, y bajó la mano a la unión entre sus muslos para tocarla. El sentir lo húmeda que estaba ya, lo excitó aún más. Lo deseaba tanto como él la deseaba a ella.

–Te prometo que la próxima vez iremos más despacio –le dijo metiendo la mano bajo la almohada para alcanzar el preservativo–, pero es que no sabes cómo te necesito...

–Y yo... a ti –murmuró ella sin aliento.

Jaron se puso el preservativo y le separó las piernas antes de colocarse sobre ella. Cuando Mariah le rodeó el cuello con los brazos y cerró los ojos, se inclinó para besarla y le dijo:

–Abre los ojos, Mariah.

Ella hizo lo que le pedía, y Jaron la miró a los ojos mientras la penetraba. Era extraño, porque le estaba resultando difícil, como si Mariah nunca hubiera... Se quedó paralizado cuando ese pensamiento cruzó por su mente.

–Mariah... ¿No serás...? ¿Eres virgen? –inquirió con incredulidad.

Esa posibilidad ni se la había pasado por la cabeza. Ella vaciló antes de asentir. Contrariado, Jaron cerró los ojos con fuerza. Su lado racional le decía que debería quitarse de encima de ella y mandarla de vuelta a la habitación de invitados. Su cuerpo, en cambio, estaba urgiéndolo a que terminara lo que había empezado, a hacerla suya y mandar al diablo las consecuencias.

Mariah debió intuir su conflicto interior, porque le rodeó la cintura con sus largas piernas –lo que hizo que abriera los ojos–, tomó su rostro entre ambas manos y le dijo:

–Jaron, quiero que sigas. Te necesito.

Si no hubiera visto el rubor en sus mejillas ni oído el matiz impaciente en su dulce voz, tal vez habría ganado la batalla su sentido del deber, pero no pudo resistirse a la combinación del ruego de Mariah y la increíble sensación de estar dentro de ella.

–Perdóname, cariño –murmuró, y se impulsó hacia delante para romper la fina barrera que le obstruía el paso.

Ella abrió mucho los ojos y de sus labios escapó un gemido de dolor. Jaron se quedó muy quieto, y secó con un beso la lágrima que rodó por la mejilla de Mariah. Cuando sintió que comenzaba a relajarse, supo que estaba acostumbrándose a aquella invasión en su cuerpo, y comenzó a moverse suavemente hacia detrás y hacia delante con la esperanza de causarle las menores molestias posibles. Sabía que, por ser su primera vez, probablemente la experiencia no le resultaría muy placentera, pero no por eso iba a dejar de intentar que lo fuera, en la medida de lo posible.

Siguió conteniéndose hasta que sintió que Mariah empezaba a responder a sus suaves embestidas. Solo entonces incrementó el ritmo.

Cuando notó que los músculos de su vagina comenzaban a tensarse en torno a él supo que estaba cerca del clímax. Deslizó la mano entre ambos, y la tocó para llevarla al límite. El orgasmo de Mariah desencadenó el suyo, que fue tan intenso que por un momento creyó que iba a desmayarse.

Se derrumbó sobre ella y hundió el rostro en su sedoso cabello mientras intentaba recobrar el aliento. Nunca había experimentado nada tan increíble, tan especial… Cuando sintió que empezaba a recobrar las fuerzas, se quitó de encima de ella y la atrajo hacia sí.

–¿Estás bien?

Mariah, que había apoyado la cabeza en su hombro, asintió y le puso una mano en el pecho.

–Ha sido maravilloso –murmuró, y se le escapó un bostezo.

Jaron le dio un beso en la frente y alargó el brazo para apagar la lámpara de la mesilla de noche.

–Descansa un poco, cariño.

Al poco rato, se quedó dormida, y Jaron alzó la vista hacia el techo. ¿Qué diablos había hecho? No solo había cruzado una línea que hasta entonces había considerado infranqueable, sino que además le había quitado a Mariah algo que ella jamás podría recuperar.

Cerró los ojos con fuerza. El pensar que había sido el primer hombre en tocarla, en yacer con ella, hizo que una ola de calor se apoderara de él. Jamás hubiera imaginado que pudiera ser virgen. De hecho, tenía veinticinco años y había tenido unos cuantos novios. ¿Por qué había querido que su primera vez fuera con él?

Incapaz de pensar con claridad con Mariah desnuda a su lado, se contentó con seguir así, abrazado a ella, hasta el amanecer, cuando se apartó de ella de mala gana y se bajó de la cama para recoger su ropa del suelo. Dobló la de ella, la colocó sobre el banquito descalzador que había a los pies de la cama, fue a darse una ducha rápida y se vistió.

Cuando iba a salir de la habitación, se volvió para mirar a Mariah, que seguía durmiendo plácidamente. ¿Cómo había dejado que las cosas se le fueran tan de las manos? ¿Por qué había ignorado la voz de la razón, que le había dicho que debería haberse alejado de ella antes de hacer algo de lo que sin duda se arrepentiría? Aquello no podía repetirse, se dijo, pero sabía que se volvería loco cuando coincidiesen de nuevo en la próxima reunión familiar y tuviese que reprimir su deseo ahora que había probado la fruta prohibida.

Sacudió la cabeza, salió de la habitación y bajó las escaleras. Tenía que reunir el valor para hacer lo correcto, lo mejor para Mariah. En cuanto sus hombres hubieran reparado su coche, haría que se marchase y rogaría por que algún día lograse olvidar aquella noche, la noche más increíble de toda su vida.

Cuando Mariah se despertó el sol entraba a raudales por el hueco entre las cortinas. Al principio, cuando abrió los ojos, se sintió desorientada, pero luego recordó dónde estaba, y se dio cuenta de que Jaron ya no estaba en la cama. Eso la decepcionó, pero no la sorprendió. Bria le había contado que la jornada de los rancheros solían comenzar antes del amanecer, y que a veces no terminaba hasta bien pasada la puesta de sol.

Echada allí, en la cama de Jaron, recordó la noche pasada, y su corazón palpitó con fuerza al pensar en el giro que habían dado las cosas entre ellos. Después de todos esos años por fin Jaron, aunque a regañadientes, parecía haber aceptado el hecho de que ya no era una adolescente soñadora, sino una mujer.

No conseguía entender por qué había tardado tanto en aceptarlo, en decidirse a besarla, a hacerle el amor. Tal vez no tuviera tanta experiencia en la cama como otras mujeres de su edad, pero no tenía la menor duda de que Jaron la deseaba.

Se levantó, tomó su ropa y fue a darse una ducha. Tenían que hablar. Quería respuestas y no iba a marcharse de allí hasta que las consiguiese.

Veinte minutos después, ya vestida, optó por quedarse descalza y llevar los zapatos en la mano para bajar la escalera.

Cuando llegó abajo le sorprendió encontrar a Jaron sentado en la cocina, tomando una taza de café.

–Buenos días –lo saludó.

Él respondió con un breve asentimiento de cabeza y se levantó para sacar otra taza de un armario.

–El café te gusta con nata, ¿verdad?

–¿Cómo lo sabes? –inquirió ella sorprendida mientras se sentaba.

Jaron encogió un hombro y sacó de la nevera un pequeño cartón de nata.

–Llevo años viéndote tomar café con el postre en las reuniones familiares.

Mariah lo había pillado mirándola varias veces en esas reuniones, pero nunca habría imaginado que Jaron se había fijado en detalles mundanos como ese.

–¿Quieres comer algo? –le preguntó Jaron mientras le ponía la taza delante con su platillo y su cuchara–. Lo único que puedo ofrecerte son tostadas o cereales.

–No, gracias, no suelo desayunar –Mariah se quedó mirándolo cuando volvió a sentarse. No sabía cómo sacar el tema que él estaba intentando evitar, pero finalmente decidió ir directa al grano–. Tenemos que hablar de lo de anoche –le dijo.

Él la miró con cautela antes de preguntarle:

–¿Estás bien?

–Pues claro –contestó ella frunciendo el ceño–. ¿Por qué no iba a estarlo?

–Porque anoche fue tu primera vez –los ojos azules de Jaron buscaron los suyos, y le sostuvo la mirada unos segundos antes de añadir–: Sé que te hice daño; lo siento.

–¿Eso es todo lo que vas a decir? –inquirió ella con incredulidad–. Hiciste que fuera la experiencia más increíble de toda mi vida… ¿y lo único que se te ocurre es decirme que los sientes?

–¿Y qué quieres que diga?

Su tono impasible y su expresión calmada la enfurecieron aún más. Tanto, que fue incapaz de permanecer sentada y se levantó de la silla para ponerse a andar arriba y abajo por la cocina.

–Pues no sé… –dijo deteniéndose para mirarlo furibunda–, podrías reconocer que deseabas lo de anoche tanto como yo. Y no me vengas con que fue un error porque eres demasiado mayor para mí, porque los dos sabemos que eso no es más que una excusa.

Cuando vio cruzar una sombra por los ojos de Jaron, supo que la noche anterior no lo había dejado tan indiferente como pretendía hacerle creer.

–Lo de anoche no debió ocurrir –dijo él–. Te arrebaté algo que no tenía ningún derecho a arrebatarte.

–¿Te refieres a mi virginidad? –cuando Jaron asintió, Mariah sacudió la cabeza–. No me arrebataste nada –le espetó–. Fui yo quien decidió entregártela, y lo hice porque quise.

–Aun así, lo de anoche fue un error –insistió él.

–No, no lo fue –replicó ella–. Un error es dar por hecho que tu compañera de piso no te dejará tirada sin decirte nada y te tocará pagar sola el alquiler. O creer que tienes un trabajo estable y de repente encontrarte en la calle. O pensar que puedes confiar en tu coche cuando tiene diez años y hace un montón de ruidos raros –Mariah sacudió la cabeza–. Lo de anoche fue lo único bueno que me ocurrió ayer, y no voy a permitir que hables de ello como si no hubiese significado nada.

Jaron frunció el ceño, se levantó, y fue junto a ella.

–¿Has perdido tu trabajo?

–Sí, pero esa no es la cuestión –no iba a dejar que cambiase de tema–. No estamos hablando de mi situación laboral; estamos hablando de lo que ocurrió ayer entre nosotros.

–No hay ningún nosotros, Mariah –replicó él en un tono quedo, poniéndole las manos en los hombros–. Ya te dije que no podía prometerte nada más allá de lo de anoche. No he cambiado de opinión.

Mariah alzó la vista hacia él, y cuando vio la firme resolución en sus ojos y la obstinación que delataba su mandíbula apretada, comprendió que nunca conseguiría que reconociera que lo que habían compartido había sido algo especial.

Resignada, se puso los zapatos y tomó de la silla su chaqueta y su bolso.

–Supongo que tus hombres no habrán tenido tiempo aún de echarle un vistazo a mi coche, ¿no? –le preguntó.

Jaron se sacó algo del bolsillo de los vaqueros y se acercó para dárselo. Eran las llaves de su coche.

–Lo único que necesitaba era una batería nueva. Está aparcado delante de la casa.

Mariah apretó los labios y bajó la vista.

–Te pagaré la reparación en cuanto consiga otro trabajo –murmuró, y se dirigió hacia la puerta.

–No hace falta que me lo pagues –respondió él yendo tras ella.

–Por supuesto que te lo pagaré –insistió ella enfadada, volviéndose hacia él–. Puede que me haya quedado sin trabajo, pero tengo mi orgullo, y no soy pobre.

–Yo no he dicho que lo seas –replicó él anonadado–. Solo intentaba ayudarte.

–Pues no necesito tu ayuda –le dijo ella con retintín–. Lo único que quiero de ti es una explicación de qué había cambiado anoche entre nosotros, y por qué de repente quieres que las cosas vuelvan a ser como eran antes. Pero parece que no me la darás, porque te niegas a hablar de ello.

Sabía que probablemente estaba teniendo una reacción desproporcionada, pero se sentía tan frustrada que, si no se desahogaba de algún modo, sería capaz de pegarle con el bolso en la cabeza.

–¿Tienes algún trabajo en perspectiva? –le preguntó Jaron, siguiéndola fuera–. ¿Necesitas ayuda para pagar el alquiler? Podría prestarte…

Mariah se paró en seco y se volvió hacia él.

–No te atrevas a ofrecerme dinero –le advirtió, a punto de perder los estribos–. Después de lo de anoche serías la última persona en el mundo a quien le…

–Me gustaría hacer algo para ayudarte –la interrumpió él. Se pasó una mano por el cabello, como si estuviese tratando de pensar qué podría hacer para ayudarla. Vaciló un momento y le dijo–: La verdad es que no me iría mal una empleada del hogar que se ocupara de la casa y de la cocina. Además, el trabajo incluiría alojamiento, por supuesto. Podrías trabajar para mí hasta que encuentres algo mejor.

No parecía un ofrecimiento muy sincero; estaba segura de que solo era un gesto vacío, y que se había visto en la obligación de hacerlo porque se sentía culpable.

–¿Me estás ofreciendo un empleo y un lugar donde vivir? –inquirió con incredulidad.

No sabía si reírse porque diera por hecho que sabía cocinar, o sentirse insultada porque creyese que estaba tan desesperada como para aceptar una oferta así.

–El trabajo es tuyo si lo quieres –añadió Jaron sin el menor entusiasmo.

Sin duda esperaba que le dijese que no, y eso era exactamente lo que iba a hacer.

–No, gracias –le respondió. Y se dio media vuelta para bajar la escalera del porche.

Si no fuese porque su madre la había educado para comportarse como una dama, le diría de buena gana qué podía hacer con ese trabajo.

Mientras se dirigía hacia su coche, Mariah iba tan enfadada que pensó con cinismo que se merecía que hubiese aceptado su oferta, solo para darle en las narices. De hecho, viviendo juntos bajo el mismo techo no podría evitarla, y ella se aseguraría de no dejarle olvidar aquella noche especial que habían compartido. Y con lo mal que se le daba cocinar, le estaría bien empleado tener que comerse lo que preparara para él.

La verdad era que, cuanto más lo pensaba, más se convencía de que quizá no debería haber rechazado su oferta. Al fin y al cabo necesitaba un trabajo, y él le debía una explicación. ¿Qué mejor manera de conseguirla que hacer que se sintiese presionado, teniendo que verla todos los días?

El único inconveniente era que, con la tendencia que tenía Jaron a encerrarse en su caparazón, cabía la posibilidad de que jamás consiguiese esa explicación y acabase volviéndose loca.

Cuando se metió en el coche, alzó la vista hacia la casa y vio que Jaron todavía no había vuelto dentro. Estaba mirándola, cruzado de brazos y con el hombro apoyado en uno de los postes de madera del porche. Era tan guapo que le cortaba el aliento.

Mariah se mordió el labio mientras sopesaba sus opciones. Si se marchaba, tal vez nunca consiguiera las respuestas que quería de Jaron. Y, si se quedaba, tal vez lo único que conseguiría sería una explicación que no quería oír. Pero quien nada arriesga, nada gana, se dijo.

Inspiró profundamente y abrió la puerta del coche. Tal vez acabase llevándose un gran batacazo, pero no podía dejar pasar la oportunidad de aclarar, de una vez por todas, las cosas con Jaron.

Jaron frunció el ceño cuando vio a Mariah abrir la puerta y bajarse del coche. ¿Qué estaba haciendo? Había sentido un alivio inmenso cuando había rechazado, sin pensárselo, la oferta que le había hecho. Si le había ofrecido ese trabajo había sido solo porque se sentía culpable por haberse acostado con ella. ¿Por qué no se iba y pasaba página, para que él pudiera hacer lo mismo? Le había dejado muy claro que no había nada de que hablar, y que nunca serían nada más que amigos.

¿O sería que volvía a tener problemas con el coche? Tenía que ser eso, se dijo.

Mariah subió la escalera del porche y se plantó frente a él con expresión desafiante.

–He cambiado de idea. Acepto tu oferta; trabajaré para ti hasta que pueda encontrar algo mejor. Pásate el sábado, a eso de las nueve de la mañana, por Shady Grove con tu camioneta; tendré preparadas mis cosas –le dijo Mariah. Y, tras bajar los escalones del porche, se volvió para mirarlo y añadió–: Y no llegues tarde; quiero instalarme para poder empezar a trabajar el lunes.

Perplejo, Jaron se quedó mirándola mientras volvía a su coche. No acababa de creerse lo que acababa de pasar. Solo le había ofrecido ese empleo a modo de gesto, convencido de que lo iba a rechazar. Y si en un principio lo había hecho… ¿por qué de pronto había cambiado de idea?, se preguntó mientras el coche de Mariah se alejaba.

Se masajeó con la mano el cuello, que de repente se notaba tenso, y vio cómo el coche desaparecía en la distancia antes de volver dentro. ¿Qué iba a hacer ahora? No podía retirar su oferta, pero no sabía cómo podría resistirse, sin volverse loco, a la atracción que sentía por Mariah teniendo que convivir con ella.

# *Capítulo Tres*

A última hora del sábado por la tarde, mientras Jaron llevaba dentro de la casa la última caja con cosas de Mariah, se preguntó cómo una persona podía necesitar tantos trastos. La caja que llevaba en brazos, que era enorme, tenía escrito con rotulador: «zapatos». ¿Para qué necesitaba tantos zapatos? Él solo tenía unos zapatos de vestir, dos pares de botas de trabajo y unas zapatillas de deporte.

Cuando entró en la habitación donde dormiría Mariah, esta, que estaba en el vestidor, asomó la cabeza.

–¿Esa caja es la última? –le preguntó.

Jaron asintió.

–Sí, alabado sea Dios.

Mariah se rio y salió del vestidor.

–Pues da gracias a que hace un par de semanas doné un montón de ropa y otras cosas a la beneficencia –le dijo–. Si no, probablemente no habríamos terminado hasta medianoche.

–¿Dónde quieres que la ponga?

–Déjala en el suelo –respondió ella–. De todos modos, tampoco tenías que molestarte en traérmela; podría haberla subido yo.

Jaron sacudió la cabeza.

–Si te hubiera dejado hacer eso, mi padre de acogida se habría levantado de la tumba y habría venido a atormentarme cada noche. Siempre nos decía que no debíamos dejar que una mujer cargase con nada pesado a menos que tuviésemos los dos brazos rotos.

–¿El código vaquero? –inquirió ella divertida.

Jaron asintió.

–Hank Calvert se regía por su propio código de conducta; era un hombre sencillo, pero muy sabio.

–Mi hermana me dijo que Sam y tus otros hermanos también hablan de él con mucho cariño –comentó Mariah mientras abría la caja y empezaba a sacar los zapatos.

–No seríamos quienes somos si no fuese por el viejo Hank –admitió Jaron–. Nos enseñó, entre otras cosas, lo que es tener integridad y ser respetuoso con los demás.

–No llegué a conocerlo –dijo ella, sacando unos zapatos de tacón de la caja–. Cuando Bria empezó a organizar cenas familiares yo estaba en la universidad, y para cuando me licencié y me mudé aquí Hank ya había fallecido. Pero por lo que cuentan de él, debía ser un tipo estupendo –murmuró ella, inclinándose para sacar unas sandalias de la caja.

–Era uno de los mejores hombres que he conocido –asintió él con sentimiento–. Y hacía que todos los que lo rodeaban quisieran ser mejores personas.

Jaron se quedó abstraído por completo observándola mientras Mariah iba de la caja al vestidor, comentando algo sobre unos zapatos. El aroma floral de su champú, su suave voz, sus seductoras curvas... Jaron se encontró rememorando la noche anterior, y cuando sintió que de pronto empezaba a notarse tirante la entrepierna, decidió que lo mejor para los dos sería que saliese de allí cuanto antes.

–Bueno, pues te dejo para que acabes de colocar tus cosas –le dijo–. Si necesitas algo estaré abajo.

Y antes de que Mariah pudiera seguir tentándolo salió al pasillo y bajó a su estudio. ¿Cómo se había podido meter en aquel lío?, se preguntó resoplando, mientras se sentaba tras su escritorio.

Era incapaz de estar más de cinco minutos en la misma habitación que ella sin que lo consumiese el ansia de estrecharla entre sus brazos, de besarla… y de hacer mucho más que eso. Pero se negaba a dejar que nada de eso volviera a ocurrir, aunque acabara con una erección permanente durante el tiempo que estuviese trabajando para él.

Sus ojos se posaron en lo único que aún guardaba de su vida antes de que lo enviaran al rancho Last Chance, algo que simbolizaba su pasado y la razón por la que no podía dejarse llevar por la atracción que sentía por Mariah. Era un billete de autobús a Dallas, arrugado y ajado, encerrado en un pequeño cubo de metacrilato. Era lo que le había permitido huir de años de palizas de un hombre al que nunca se le debería haber permitido procrear.

Había temido que nadie creería a un chico de trece años cuando les dijera que su viejo había matado a su madre. Pero había faltado al colegio y había usado el dinero que guardaba para el almuerzo para comprar un billete de autobús al centro de la ciudad. Al principio, cuando entró en la comisaría y relató a un agente lo que había pasado, no lo tomó en serio, tal y como había imaginado. Pensó que no era más que un mocoso que le tenía manía a su padre, pero cuando le mostró las cicatrices que tenía en la espalda y le dijo que ese hombre, Simon Collier, que no se merecía el apelativo de «padre», lo había amenazado con matarlo y deshacerse de su cuerpo como había hecho con el de su madre, de inmediato comenzó a escucharlo con más atención y fue a avisar a su superior.

También hicieron que acudiera una asistente social, y un fotógrafo para que documentara las pruebas de maltrato que habían quedado marcadas en su cuerpo. Luego habían emitido una orden de arresto contra su padre por malos tratos.

Él no había comprendido que para detener a su padre lo acusaran de maltrato infantil en vez de por el asesinato de su madre, pero el viejo Simon se delató a sí mismo. Cuando fueron a su casa y supo que había sido su hijo quien lo había denunciado a la policía, se dejó llevar por la ira y gritó que debería haberlo matado a él también y no solo a su madre.

Durante la investigación y el juicio que siguieron a la detención, un análisis de ADN vinculó a su padre con el asesinato sin resolver de otras cuatro mujeres, y se sospechaba que pudiera ser culpable de algunos más. Por desgracia, por aquel entonces los análisis de ADN no eran tan precisos como en la actualidad, y las pruebas que se habían recogido de algunos de esos asesinatos se habían destruido o contaminado, y no pudo demostrarse su implicación.

Pero sí fue condenado por el asesinato de su madre, y el juez permitió que Jaron cambiara su apellido por el apellido de soltera de su madre. Sin embargo, eso no había sido suficiente para borrar el vínculo que tenía con el bastardo que lo había engendrado. Cada una de las familias de acogida a las que lo habían enviado sabía cuál era su historia, y lo trataban con desconfianza, como si hubiese sido él quien había matado a esas mujeres. No pasó mucho tiempo antes de que se metiera en problemas por escaparse, pero por suerte a alguien en servicios sociales se le ocurrió enviarle al rancho Last Chance, donde se sintió aceptado, integrado, y eso lo cambió todo.

Al oír a Mariah bajando la escalera, apretó los dientes y se juró en silencio que, si podía impedirlo, no permitiría que nadie más pasara por el horror que él había vivido, y Mariah menos que nadie. Nunca había sido cruel de forma intencionada con nadie, ¿pero quién podía asegurarle que no llevaba en sus genes la maldad de su padre y que un día no se le cruzarían los cables y le haría daño a alguien?

–¿Tienes algo más en la nevera aparte de pizza congelada? –le preguntó Mariah, riéndose, mientras alargaba la mano para tomar otra porción.

Tras acabar de colocar sus ropa en el vestidor había bajado para preguntarle a Jaron si quería que hiciese unos sándwiches para cenar. Él le había dicho que no era necesario, que iba a hacer una de las pizzas que tenía en el congelador, y que bastaba con que preparara una ensalada.

Mariah se había ofrecido a ocuparse también de hornear la pizza, pero Jaron le había dicho que, como hasta el lunes no tenía que empezar a trabajar, hasta entonces era su huésped.

–Solo tengo pizzas y burritos –contestó él, encogiéndose de hombros–. El lunes lo primero que tendrás que hacer será ir de compras.

–Genial. Si algo se me da bien es comprar –dijo ella sonriendo.

–Te he hecho una tarjeta –Jaron tomó un trago de su botellín de cerveza–, para que compres lo que haga falta para la casa.

–¿Hay un presupuesto al que tenga que ajustarme? –le preguntó ella–. No querría gastar de más.

Su pregunta hizo reír a Jaron.

–Gasta lo que quieras –respondió, y le dijo cuál era el límite de crédito de la tarjeta, una cifra muy superior a lo que ella había ganado al mes en la inmobiliaria–. Si necesitas más, dímelo y pediré en el banco que incrementen el límite de la tarjeta.

–A menos que sea para organizar una cena en la Casa Blanca, dudo que nadie necesite todo ese dinero para hacer la compra –comentó ella con incredulidad. Sabía que Jaron tenía una situación desahogada, como sus hermanos, pero no tenía ni idea de que tuviese tanto dinero–. ¿Hay algo en particular que quieras que compre?

–Me gusta la pizza –contestó él, y tomó otra porción del plato.

–¿Y a qué hombre no? –inquirió ella riéndose.

–¿Qué?, ya vienen preparadas y en unos minutos

las tienes listas –se defendió él, con una sonrisa que la hizo derretirse por dentro–. Pero ya que preguntas, me encantó esa tarta de manzana que preparaste una vez hace años por mi cumpleaños. Podrías hacérmela de vez en cuando.

–Me sorprende que recuerdes eso –dijo Mariah, lamentándose para sus adentros.

Sería imposible que volviese a hacer esa tarta sin Bria a su lado diciéndole lo que tenía que hacer.

–Estaba muy buena. Es la mejor que he probado después de la que hace tu hermana.

Mariah carraspeó.

–Pues pondré manzanas en la lista.

Tendría que pedirle a su hermana la receta. O mejor, un buen libro de cocina con recetas fáciles de hacer. Y de paso le pediría que la ayudase a hacer una lista de la compra con todo lo que podría necesitar para llenar la despensa y la nevera.

–¿Quieres que compre alguna otra cosa aparte de comida? –le preguntó.

–Bueno, supongo que tendrás que comprar los productos de limpieza que te vayan a hacer falta. Yo tengo alguno que otro, pero me mudé hace poco y no he limpiado demasiado, la verdad.

Mariah apuró el agua que le quedaba en el vaso y se levantó para recoger la mesa.

–Y aparte de hacer la compra, cocinar y limpiar, ¿hay algo más que entre en mis tareas? –le preguntó a Jaron.

Él se quedó mirándola un momento antes de sacudir la cabeza.

–No se me ocurre nada más. ¿Por qué?

–Por nada. Solo quiero asegurarme de que sé qué se espera de mí –contestó ella mientras enjuagaba las cosas y las metía en el lavavajillas.

Jaron se levantó también y se apoyó en un mueble a su lado.

–¿Por qué perdiste tu empleo en la inmobiliaria? –inquirió vacilante, como temiendo molestarla con la pregunta.

–Recortes de personal –contestó ella mientras limpiaba la mesa con una bayeta–. La empresa decidió que les renta más concentrarse en el alquiler de viviendas en ciudades como Dallas y Houston que en poblaciones pequeñas como Shady Grove.

–¿Y no te ofrecieron siquiera un traslado? –inquirió él frunciendo el ceño.

–Sí, pero lo rechacé. No quiero irme a vivir lejos de mi hermana, de Sam y de mi sobrino Hank. Son la única familia que tengo.

Jaron se irguió y alargó una mano, como si pretendiese acariciarle la mejilla, pero la dejó caer de inmediato.

–Eso no es cierto. También nos tienes a mis hermanos y a mí. Puede que no tengamos vínculos de sangre, pero somos como una gran familia.

Un cosquilleo le había recorrido la espalda a Mariah al darse cuenta de que había reprimiendo el impulso de tocarla, pero trató de poner los pies en la tierra diciéndose que probablemente solo quería consolarla.

–Gracias –murmuró.

–Debió ser muy duro para ti perder a tus padres en ese accidente de coche. Acababas de entrar en la universidad, ¿no? –inquirió él.

Mariah asintió y tuvo que tragar saliva para poder contestar.

–Sí que lo fue, pero por suerte mi hermana y yo ya éramos mayores. Habría sido peor si nos hubiese ocurrido de niñas.

–Eso fue lo que me pasó a mí; perdí a mi madre a los seis años.

Aquella confesión de Jaron la pilló desprevenida. En todo el tiempo que hacía que se conocían, nunca antes lo había oído hablar de su familia biológica.

–¿Cómo ocurrió? –le preguntó.

–Un día… desapareció, y supe que nunca más la volvería a ver.

–Cuánto lo siento, Jaron –murmuró ella, poniéndole una mano en el brazo.

Él se encogió de hombros.

–Sobreviví.

–¿Y tu padre? –inquirió ella.

Jaron apretó la mandíbula, y su rostro adoptó una expresión de vacía indiferencia.

–Él… se marchó cuando yo tenía trece años… y no he vuelto a verlo desde entonces.

Mariah tuvo la impresión de que, aunque quería hacerle ver que no le importaba, aquello lo afectaba y mucho. Se hizo un silencio incómodo, y Mariah se dio cuenta de que aún tenía la mano en el brazo de Jaron.

–Bueno, creo que voy a volver arriba, a terminar

de organizar mis cosas –murmuró–. He terminado con la ropa, pero todavía me quedan cajas llenas de libros, música…

Iba a apartar la mano de su brazo y dar un paso atrás, cuando de repente Jaron puso su mano sobre la de ella, como si hubiese encontrado consuelo en aquel gesto y no quisiera que la apartase.

–Tienes todo el día de mañana para hacer eso –le recordó–. Seguro que estás cansada. ¿Te apetece que nos sentemos un rato a ver una película? Tengo varios canales de televisión por satélite.

Su sugerencia la sorprendió, aunque quizá no tanto como la tensión que flotaba en el ambiente. La combinación del calor de la mano de Jaron sobre la suya y el poder hipnótico que ejercían sus ojos, fijos en los suyos, era lo más sensual que podría haber imaginado nunca. Sin embargo, hizo un esfuerzo por no exteriorizar el modo hasta qué punto la afectaba. Si lo hiciera, le estaría dando la excusa perfecta para que volviera a encerrarse en sí mismo, como la mañana después de que hicieran el amor.

–Bueno, la verdad es que no me vendría mal tomarme un descanso –respondió riéndose para ocultarle su reacción–. Estos días he estado tan ocupada que estoy algo cansada. Aunque no puedo prometer que vaya a aguantar despierta la película entera.

Jaron dejó caer la mano de repente y dio un paso atrás, como si acabase de darse cuenta de que aún estaba tocándola.

–O sea, ¿que mejor que te ponga una película que te mantenga en tensión?

–Siempre y cuando no sea una esas horripilantes de terror… Es que luego no duermo.

–Lo tendré en cuenta –contestó él riéndose.

Minutos después estaban los dos en el salón, sentados cada uno en un extremo del enorme sofá de cuero castaño, viendo una película de espías. Mariah apoyó la cabeza en el blando respaldo del sofá, y pensó en el giro surrealista que había dado su vida de repente. Jamás se habría imaginado que el peor día de su vida acabaría convirtiéndose en el mejor día de su vida, ni que de repente se encontraría viviendo con Jaron en su rancho.

Aunque al cabo de un rato se le escapó un bostezo y sintió que empezaban a pesarle los párpados, hizo un esfuerzo por concentrarse en lo que estaba ocurriendo en la pantalla.

Alguien estaba zarandeándola suavemente por el brazo.

–Mariah –dijo la voz de Jaron–, es hora de irse a la cama.

Ella parpadeó y se incorporó.

–Pero si estoy viendo la película…

La risa de Jaron la envolvió como una cálida manta.

–Ya se ha acabado.

Ella giró la cabeza hacia el televisor y vio que, en efecto, en la pantalla estaban apareciendo los créditos finales.

–Vaya. Debía estar más cansada de lo que pensaba.

Jaron asintió.

–Te quedaste dormida al cuarto de hora de que empezara.

–¿Y por qué no me despertaste? –inquirió ella, levantándose del sofá.

–Porque estabas durmiendo tan plácidamente que pensé que necesitarías descansar –respondió Jaron. Apagó el televisor y se levantó también–. Además, si quieres saber cómo acaba podemos volver a verla otro día.

–Estaría bien. La parte que he visto era entretenida –respondió ella, ahogando un bostezo con la mano.

–Anda, vamos a dormir –dijo Jaron, poniéndole la mano en la espalda para conducirla hacia la puerta–. Tú estás agotada y yo tengo que levantarme mañana temprano para inspeccionar a caballo la cerca del pasto sur.

–¿No tienes hombres que se ocupen de eso? –le preguntó ella mientras subían la escalera.

–Ahora que estamos en invierno libran la tarde del domingo, después de haber terminado con sus tareas por la mañana –le explicó Jaron, deteniéndose frente a la puerta de su habitación–. Dentro de un par de semanas llevarán a las reses a ese pasto. Yo me encargo de comprobar el estado de la cerca, y si hace falta hacer alguna reparación se lo digo para que se ocupen antes.

–Pues parece que mañana vamos a estar los dos muy atareados –comentó ella–. Cuando termine de organizar mis cosas haré un inventario de lo que tienes en la despensa y en la nevera y prepararé la lista de la compra.

–Respecto a eso... Como mañana los dos vamos a tener que hacer un montón de cosas y no me apetece mucho comer pizza dos días seguidos, he pensado que podríamos irnos a cenar fuera.

–Te tomo la palabra –respondió ella con una sonrisa.

Tal vez en un ambiente distendido tendría más posibilidades de conseguir que bajara la guardia y se abriera a ella.

Se quedaron mirándose a los ojos, y el anhelo que vio en los de él le cortó a Mariah el aliento. Cuando Jaron alargó la mano hacia su mejilla creyó que iba a besarla, pero de pronto, como si cayera en la cuenta de lo que estaba a punto de hacer, la dejó caer y dio un paso atrás.

–Buenas noches, Mariah; que duermas bien.

El tono suave e íntimo de su voz la hizo estremecer de deseo.

–Buenas noches, Jaron.

Entró en su dormitorio, cerró la puerta, y dejó escapar el aliento que había estado conteniendo. Cada vez que parecía que Jaron iba a ceder al magnetismo que había entre ellos, se reprimía.

Jaron Lambert era la persona más frustrante y con mayor capacidad de autocontrol que había conocido.

Pero eso estaba a punto de cambiar, se prometió a sí misma.

Con renovada determinación, se miró en el espejo. Ya iba siendo hora de que alguien sacudiera los cimientos del ordenado mundo de Jaron, y si alguien podía conseguirlo, esa era ella.

***

La noche del día siguiente, mientras seguía a Mariah y a la maître hasta una mesa al fondo del restaurante, Jaron miró a su alrededor y rogó por que no se encontraran con ninguno de sus hermanos con sus esposas. No parecía muy probable, ya que el sitio donde había llevado a Mariah estaba a las afueras de Waco, pero nunca se sabía.

Sus hermanos llevaban varios años dándole la lata con que debería pedirle salir a Mariah, y preferiría no tener que contarles qué hacían juntos allí. Si él mismo no acababa de entender cómo se le había ocurrido ofrecerle un trabajo, además de alojarla en su propia casa, no quería ni imaginarse lo que sería tener que someterse a un interrogatorio de sus hermanos.

–No sabía que en este sitio había música en vivo –comentó Mariah mientras él le apartaba la silla para que se sentase.

Le brillaban los ojos, y Jaron se olía que querría que se quedaran un rato más para bailar cuando acabaran de cenar. Se sentó frente a ella y se encogió de hombros.

–No son muy buenos tocando, pero no se puede decir que no le pongan entusiasmo.

–A mí, mientras tenga ritmo, soy capaz de bailar con cualquier música –contestó ella con una sonrisa.

Lo que imaginaba…, pensó Jaron, reprimiendo un gruñido de fastidio. No era que no quisiera bailar con ella, pero es que era completamente negado para el baile. Claro que, si algo tenía claro era que, aunque se sintiera como un pato mareado en la pista, no iba a dejar que ningún otro hombre bailase con ella. Y si hacía falta sobornaría a la banda para que solo tocasen canciones lentas. Así no tendría que hacer nada más que rodearle la cintura con los brazos y balancearse en el sitio al ritmo de la música.

–¿Cómo te fue esta mañana? –le preguntó Mariah mientras ojeaba la carta–. ¿Necesita alguna reparación la cerca?

–Unas cuantas –respondió él, aliviado por el cambio de tema–. El anterior propietario era un hombre mayor y estaba todo un poco dejado.

–Pues la casa se ve muy bien –dijo ella cerrando la carta y dejándola en la mesa–. ¿Tuviste que hacer muchas reformas antes de mudarte?

Jaron sacudió la cabeza.

–Su hija la reformó antes de poner el rancho a la venta.

Un camarero se acercó a tomarles nota y, cuando se hubo marchado, Jaron continuó hablando.

–Me gustaría hacer un par de cambios, pero en general estoy contento con la casa.

–¿En serio? ¿Y qué cambiarías? –inquirió ella sorprendida–. A mí me parece que es preciosa tal y como está.

–Me gustaría tirar el muro que hay entre la sala de billar y el salón –comenzó a explicarle él antes de tomar un sorbo de agua–. Quiero un salón más grande para poder invitar a toda la familia y que no estemos apiñados.

Mariah asintió.

–Me encantan vuestras reuniones familiares.

Jaron frunció el ceño.

–Tú también eres parte de la familia.

–No es verdad –replicó ella encogiendo un hombro–. Solo me invitáis porque soy hermana de Bria y no tengo otro sitio donde ir en Navidad, por Acción de Gracias…

Sus palabras lo chocaron, y sin pensarlo puso su mano sobre la de ella.

–Sí que eres parte de la familia; tanto como cualquiera de nosotros, y no quiero volver a oírte decir lo contrario.

–Gra-gracias –murmuró ella con lágrimas en los ojos–. Eso significa mucho para mí.

Jaron, que odiaba verla triste, se dijo que haría cualquier cosa por verla feliz, aunque fuera ponerse en ridículo en la pista de baile.

–¿Qué te parece si disfrutamos de la cena y luego nos quedamos un rato a bailar?

–Me parece una idea estupenda. Gracias, Jaron.

La dulce sonrisa de Mariah fue como un rayo del sol directo a su corazón, y mientras se miraba en sus ojos esmeralda se dio cuenta de que aún tenía su mano sobre la de ella. Sin embargo, por algún motivo, ni podía apartar la mano, ni tampoco sus ojos de los de Mariah.

¿Qué diablos le pasaba? No quería darle esperanzas, ni avivar el deseo que ardía en su interior cada vez que estaba cerca de ella.

Por suerte, en ese momento llegó el camarero con

su comida. Charlaron de cosas sin importancia mientras comían, pero cuando terminó su plato Jaron no habría sabido decir si había tomado un entrecot de ternera o un trozo de cuero. Y es que durante toda la cena no había podido dejar de pensar en que dentro de poco estaría con ella entre sus brazos en la pista de baile, ni en que esa noche tendría que darse una ducha bien fría para poder dormir algo.

Cuando la banda terminó la canción que estaban tocando y pararon para hacer un descanso, miró a Mariah, y el brillo en sus ojos bastó para convencerlo de que debía soportar con estoicismo lo de bailar, aunque no le apeteciese. No podía decepcionarla.

–Creo que voy a ir un momento al baño antes de que salgamos a bailar –le dijo Mariah, levantándose de la silla.

Cuando se hubo alejado, Jaron aprovechó para acercarse al escenario y, después de llegar a un trato con el líder de la banda para que tocaran solo canciones lentas a cambio de una generosa propina, volvió a su mesa para esperar a Mariah, que regresó al poco rato.

–¿Listo para mover el esqueleto, vaquero? –le preguntó, deteniéndose a su lado.

–Creo que debería advertirte de que no sé me da muy bien lo de bailar.

–Me lo imaginaba –contestó ella con una sonrisa divertida–. Llevo años asistiendo a las fiestas que organizan tus hermanos y nunca te he visto bailar.

Él se encogió de hombros.

–Es que, si puedo, prefiero evitar ponerme en ridículo.

Mariah se rio.

–Anda, no remolonees más y vamos a bailar.

Jaron se levantó y la tomó de la mano para conducirla a la pista. Cuando le puso las manos en la cintura, echó un vistazo a su alrededor y pilló a varios hombres observando a Mariah. Sus miradas lascivas lo irritaron profundamente, pero se olvidó de ellos en cuanto ella le rodeó el cuello con los brazos y comenzaron a moverse.

El roce de su cuerpo contra el suyo pronto empezó a excitarlo, y se encontró recordando cada momento de la noche en que le había hecho el amor. Y entonces hizo lo peor que podría haber hecho: cometió el error de bajar la vista, y sus ojos se encontraron. El corazón le palpitó con fuerza, se le secó la boca. Se moría por volver a besarla.

Como atraído por una fuerza magnética, bajó la cabeza y posó su boca en la de ella. Los dulces labios de Mariah respondieron al instante, y él hizo el beso más profundo y acarició con la lengua cada rincón de su boca.

Al cabo de un rato, sin embargo, tal vez porque estaba asustándole lo adictivos que eran los besos de Mariah, pareció recobrar por un momento la cordura y recordó de repente que estaban en un lugar público.

–Esto no es buena idea –murmuró despegando sus labios de los de Mariah y separándose un poco de ella.

–¿Por qué no? –inquirió Mariah confundida.

Jaron sabía, por su mirada, que había notado lo excitado que estaba. No podía engañarla.

–Mariah, no soy la clase de hombre que tú…

–Guárdate esa excusa, Jaron –lo interrumpió–. Ya la he oído antes. Que si eres demasiado mayor para mí... Que si no eres el hombre adecuado para mí... ¿Sabes qué? –le espetó bajando los brazos de su cuello y apartándose de él–. Creo que es mejor que nos vayamos.

Minutos después, mientras salía tras ella del restaurante, Jaron suspiró, irritado consigo mismo, y se maldijo en silencio por su debilidad, por ser incapaz de mantener su deseo bajo control. No había pretendido herir los sentimientos de Mariah, pero era evidente que lo había hecho. Bueno, al menos quizá el haberla enfadado tuviera algo positivo; tal vez Mariah conseguiría lo que él era incapaz de conseguir: que mantuviese las manos lejos de ella.

Para cuando llegaron al aparcamiento, Jaron había tenido que apretar el paso para alcanzar a Mariah, un indicador certero de lo furiosa que estaba con él. Y antes de que pudiera ayudarla a subir a la camioneta, ella ya se había subido y había cerrado de un portazo.

Jaron se puso al volante y arrancó. Hicieron el trayecto de regreso al rancho en medio de un incómodo silencio, y cuando aparcó y entraron en la casa, Jaron supuso que Mariah se iría directa a su habitación, pero en vez de eso, se detuvo, se plantó delante de él, y le preguntó sin rodeos:

–¿No crees que ya es hora de que seas sincero conmigo y contigo mismo?

Jaron, que no quería hablar de eso, se quedó callado, y al cabo de un momento de tensión, que se hizo interminable, Mariah sacudió la cabeza y le dijo:

–Los dos sabemos que sientes algo por mí. Pero por algún motivo no puedes, o no quieres admitirlo. Y quiero saber por qué.

–Ya hemos hablado de esto –respondió él.

–Tus excusas no me sirven –le espetó Mariah–. Quiero la verdad, Jaron. Pero si no puedes decirme la verdad, mejor que no digas nada.

Y, sin darle la oportunidad de responder, se dio media vuelta y subió la escalera. Jaron sabía que estaba siendo injusto, que Mariah se merecía que fuese sincero con ella. Pero, aunque querría poder hablarle de lo que lo atormentaba, de lo que temía, prefería soportar su ira a que lo mirase como habían hecho algunas de las familias de acogida con las que había estado, con una mezcla de miedo y suspicacia.

# *Capítulo Cuatro*

Mientras Mariah organizaba en el cuarto de la despensa las cosas que había comprado en el supermercado, no pudo evitar ponerse a pensar otra vez en lo que había pasado la noche anterior en el restaurante. ¡Si hasta la había besado en la pista! Y justo entonces, cuando creía que iba a admitir que había entre ellos algo más que una amistad, había interrumpido el beso y se había apartado de ella. ¿Por qué había hecho eso? ¿Y por qué tenía que ser tan cabezota? ¿Por qué no podía darle al menos una explicación de por qué se comportaba de ese modo?

Era evidente que lo de la diferencia de edad y lo de que no era el hombre que le convenía no eran más que excusas. No, había algo más, y estaba decidida a averiguar qué era. Y, si él dejase que lo ayudara, lo ayudaría a superar el problema que tuviese.

Con un suspiro, revisó la lista que había impreso de la página web de un conocido programa de cocina. Había comprado todas las especias que sugerían, aunque no tenía la menor idea de qué se suponía que debía hacer con ellas.

Aunque en un principio había pensado llamar a su hermana para pedirle consejo sobre qué debía comprar y qué podría cocinar, al final había decidido intentar apañárselas sola. No podía molestar a Bria, que bastante tenía con ocuparse de su casa y de andar todo el día detrás de su sobrina de dos años, que era un torbellino. Además, todavía no le había dicho que estaba trabajando para Jaron, y no sabía cómo iba a decírselo.

Si le hubiese pedido opinión, Bria le habría recordado que no sabía ni hacer un huevo frito, y probablemente se habría preocupado y se habría sentido en la obligación moral, como hermana mayor, de advertirle que no debería entusiasmarse demasiado, o esperar que las cosas fuesen a salir como esperaba que saliesen. Pero se equivocaría si le dijese eso, porque ella había aceptado la oferta de Jaron sabiendo lo que hacía, y no esperaba nada de él salvo respuestas a sus preguntas.

–Ahí hay comida como para dar de comer a un ejercito –observó la voz de Jaron detrás de ella.

Sobresaltada por su repentina aparición, Mariah dio un respingo y se llevó la mano al corazón, que se le había desbocado del susto. Después de ayudarla a llevar dentro las bolsas de la compra, Jaron le había dicho que iba al establo a ver cómo iban sus hombres con unas reparaciones que estaban haciendo, y creía que no había vuelto.

–¡Por Dios, Jaron! ¡Vaya susto me has dado!

–Si te he llamado cuando me he parado en el vestíbulo a quitarme las botas... –contestó él, que estaba en el umbral de la puerta, señalando tras de sí con el pulgar.

–Pues estaría tan concentrada en lo que estoy haciendo que no te he oído –dijo ella, pasando a su lado para salir a la cocina. Miró el reloj de la pared y fue al fregadero a lavarse las manos–. No me he dado cuenta de la hora que era; tendré el almuerzo listo en unos minutos. ¿Te importa que te prepare algo rápido, como un sándwich con unas patatas fritas?

–No hay problema –contestó él asintiendo–. Te echaré una mano.

–¿Habéis terminado con las reparaciones que estabais haciendo? –le preguntó ella, por hablar, mientras reunía todo lo necesario para hacer unos sándwiches de jamón y queso.

–Sí y no –contestó Jaron sacando un par de platos de la alacena para ponerlos en la mesa.

–¿Cómo que sí y no? –le preguntó ella–. O habéis arreglado lo que ibais a arreglar, o no lo habéis arreglado, ¿no?

La suave risa de Jaron hizo que una sensación cálida la invadiera.

–Hemos terminado con todas las reparaciones que teníamos en nuestra lista, pero justo entonces nos hemos encontrado con que la puerta de uno de los cajones de las reses tiene una bisagra rota y que a otro hay que cambiarle varios tablones.

–Vaya, parece que mantener las cosas en buen estado es un trabajo interminable, ¿eh? –comentó ella, y le dio las fiambreras con el jamón de York y el queso en lonchas.

–Bienvenida al mundo del ranchero –contestó él con humor.

Mientras Jaron preparaba los sándwiches y los

tostaba, ella hizo unas patatas congeladas en la freidora, y poco después estaban sentados a la mesa.

–Nuestro padre de acogida, Hank, siempre nos decía a mis hermanos y a mí que si en un momento dado no encontrábamos nada que hacer en el rancho, era porque no estábamos mirando bien –le explicó Jaron.

Mariah se rio.

–Ojalá lo hubiera conocido.

–Se lo debo todo a él –dijo Jaron–. No quiero ni pensar qué habría sido de nosotros si no nos hubiesen enviado al rancho Last Chance. Evitó que nos descarriáramos, y sin él no estaríamos donde estamos hoy.

Se quedaron callados unos minutos, mientras comían, hasta que Jaron rompió el silencio.

–Me gustaría... me gustaría que hablásemos de lo de anoche –dijo en un tono vacilante.

Mariah se quedó mirándolo un momento, preguntándose qué querría decirle. ¿Lo habrían hecho recapacitar sus palabras? ¿Iba a abrirse por fin a ella?

–Está bien –murmuró. Dejó el sándwich a medio comer en el plato. De repente se le había quitado el apetito–. Te escucho.

–Para empezar, quería disculparme por haberte besado –Jaron sacudió la cabeza–. No debería haberlo hecho.

–¡Por amor de Dios, Jaron! –Mariah se levantó de la mesa con su plato, tiró lo que quedaba del sándwich a la basura y dejó el plato en el fregadero–: Si vuelvo a oírte decir eso una vez más, me entrarán ganas de estrangularte –se volvió hacia él y lo miró furibunda–. A ver si te enteras: es obvio que, si me besas, es porque quieres; si no, no volvería a pasar una y otra vez. Y en cuanto a tus disculpas, no hay nada por lo que tengas que disculparte. Yo quería que me besaras, y la noche que hicimos el amor, también lo deseaba. Así que guárdate para ti todos esos «no era mi intención» y «no volverá a pasar», porque los dos sabemos que no es cierto.

Y sin poder contenerse, fue hasta la mesa, tomó el rostro de Jaron entre sus manos y se inclinó para plantar un beso en sus labios. Los labios de él respondieron de inmediato, y no protestó cuando deslizó la lengua dentro de su boca para obsequiarlo con las mismas caricias sensuales con que él la obsequiaba cada vez que la besaba, explorando sin prisa cada rincón hasta arrancarle un gemido de placer. Solo entonces levantó la cabeza y los miró a los ojos. Si no se sintiese tan frustrada por su comportamiento, se habría echado a reír por la expresión sorprendida de Jaron.

–¿Lo ves? Ahora soy yo quien te ha besado, y no me arrepiento en absoluto de haberlo hecho. Esa es la diferencia entre nosotros: que a mí no se me caen los anillos por admitir que me muero por besarte y por hacer mucho más que eso.

Cuando se dio media vuelta para marcharse, Jaron la llamó, como aturdido.

–¿Adónde vas?

–Tengo cosas que hacer –respondió ella, y se dirigió hacia la despensa, aunque le temblaban las piernas.

Jaron se aclaró la garganta.

–No puedes darme un beso así y marcharte.

Mariah se volvió y lo miró con los ojos entornados.

–¿Por qué no? –le espetó–. Es lo que haces tú.

Y antes de que Jaron pudiera decir nada más, entró en la despensa y siguió colocando las cosas en los estantes. Ya iba siendo hora de que alguien le diese a Jaron Lambert una cucharada de su propia medicina. Si él podía besarla y marcharse, como si aquellos besos no significasen nada para él, ella también.

Un par de horas más tarde, Mariah había terminado por fin de arreglar la despensa. Colocó un paquete de tallarines con el resto de pastas y dio un paso atrás, con los brazos en jarras, para admirar con orgullo lo bien organizado que le había quedado todo.

–No te preocupes en hacer nada de cenar para esta noche –la voz de Jaron detrás de ella, hizo que diera un respingo.

–¿Te importaría dejar de hacer eso? –lo increpó Mariah, volviéndose hacia él.

–¿El qué?

–Aparecer de repente detrás de mí como un fantasma.

–A partir de ahora intentaré hacer más ruido –le prometió él con una sonrisa–. Venía a decirte que no hace falta que prepares nada de cenar. Después de darme una ducha iré al Beaver Dam y me traeré algo de comer para los dos.

–¿Por qué? Cocinar es parte de mi trabajo.

Jaron apoyó el hombro en el marco de la puerta y se cruzó de brazos.

–Ya, pero como has estado tan atareada toda la tarde pensé que estarías cansada –le explicó–. Puedes empezar a cocinar mañana.

–Bueno, si a ti no te importa… –respondió ella en un tono indiferente.

Sin embargo, para sus adentros, respiró aliviada. Pronto Jaron se enteraría de que no sabía cocinar, pero cuanto más pudiese retrasar ese momento, mejor.

–¡Hombre, Jaron! No esperábamos verte por aquí esta noche.

Cuando se giró para ver quién lo llamaba, gimió para sus adentros. Eran dos de sus hermanos: Ryder McClain y T.J. Malloy. Estaban sentados en una mesa al fondo del local, sonriéndole como un par de tontos.

Jaron los saludó con la mano y se volvió hacia el tipo que había tras la barra.

–Hola, Matt. Ponme, para llevar, dos entrecots de ternera con patatas y verduras y un par de porciones de tarta de queso. Y una cerveza para tomar aquí mientras espero –le pidió.

Cuando tuvo su cerveza, fue a sentarse con sus hermanos.

–Parece que hemos tenido la misma idea –observó, mirando sus platos–. Yo también he pedido un par de entrecots, pero para llevar.

T.J. sonrió y se llevó un trozo de carne a la boca.

–¿Un par? Debes tener mucha hambre…

–Si es para llevar, yo diría que va a tener compañía esta noche… –especuló Ryder riéndose.

–¿La conocemos? –inquirió T.J.

Jaron contrajo el rostro. ¿Por qué narices habría tenido que decirles que había pedido comida para dos?

–He contratado a una asistenta –respondió, con la esperanza de evitar un interrogatorio–. Esta mañana fue a la compra y se ha pasado todo el día organizando la despensa, así que le he dicho que iría a por algo de comer para darle un descanso y que no tuviera que cocinar.

T.J. y Ryder se miraron y sonrieron divertidos.

–Me parece que hay algo que no nos estás contando –sugirió Ryder–. Y no lo niegues, porque eso no se lo cree nadie. Si yo contrato a una asistenta y se tira un día entero para organizar una despensa, al día siguiente la despido.

Inspiró y tomó un trago de cerveza antes de responder.

–He contratado a Mariah.

A T.J. casi se le atragantó el bocado que estaba tragando en ese momento. Ryder le dio unas palmadas en la espalda sin apartar de Jaron su mirada penetrante.

–¿Cómo que la has contratado? ¿Y cuándo?

–Hace una semana. Una noche fui al Broken Spoke con idea de cenar allí, y cuando estaba sentado, tomándome una cerveza, entró ella –comenzó Jaron. Les explicó brevemente lo de aquel tipo al que le había pegado un puñetazo por molestarla, y lo de que el coche de Mariah se había averiado y concluyó diciendo–: Y como era tarde y Sam y Bria estaban en Houston en la feria de ganado dejé que pasara la noche en mi casa.

–Bueno, es lo que habría hecho cualquiera de nosotros –dijo Ryder–, pero sigo sin entender por qué está trabajando de asistenta para ti.

–La mañana siguiente, cuando estábamos desayunando, me contó que había perdido su trabajo en la inmobiliaria y que su compañera de piso la había dejado tirada y no sabía cómo iba a seguir pagando el alquiler, así que se me ocurrió ofrecerle un empleo.

Lo que omitió fue que, si no se hubiese sentido culpable por haberle hecho el amor la noche anterior, ni se le habría pasado por la cabeza ofrecerle ese trabajo.

T.J. sacudió la cabeza y le dijo:

–Estás jugando con fuego, hermano. ¿Te ves capaz de vivir con Mariah y seguir manteniendo las distancias, a pesar de esa cantinela tuya de que eres demasiado mayor para ella?

Ryder asintió.

–Sabes perfectamente que esa chica lleva años encaprichada de ti, y que aún lo está.

–Y a ti también te gusta, lo sabemos todos –añadió T.J.–. ¿Por fin te has dado cuenta de que no eres un viejo decrépito?

–Sigo siendo demasiado mayor para ella –insistió Jaron, sacudiendo la cabeza.

–Nunca pensé que diría esto, pero más vale que no estés dándole falsas esperanzas, hermano –lo advirtió

Ryder–, porque como sea así te mandaré de una patada a Tegucigalpa.

Jaron lo miró furibundo.

–Tú sabes que yo jamás haría algo así.

Last Chance les había inculcado que tenían que ser siempre respetuosos con las mujeres y no darle jamás a ninguna falsas esperanzas.

De repente, allí sentado ante la mirada acusadora de sus hermanos, no pudo evitar sentirse culpable. ¿Estaría dándole falsas esperanzas a Mariah al haberle dado un trabajo y haberla alojado en su casa?

La noche que le hizo el amor había sido consciente de que, a pesar de que le había dejado muy claro que no quería ningún tipo de compromiso, Mariah estaba dando por hecho que aquello era el comienzo de un cambio en su relación de amigos. ¿Podría ser que, por intentar ayudarla dándole un trabajo, estuviera haciéndole más daño del que ya le había hecho esa noche?

–Antes que hacerle daño a Mariah, preferiría caer fulminado por un rayo ahora mismo –dijo con vehemencia.

–Hablas como un enamorado –observó T.J., como si fuera un experto en la materia.

Jaron apretó los dientes y sacudió la cabeza.

–Si está en mi mano evitarlo, intento no hacer daño a nadie –recalcó–, aunque ahora mismo se está rifando un puñetazo y tú llevas todas las papeletas.

Para sus adentros deseó que en la cocina se diesen prisa en terminar su pedido para que pudiese largarse cuanto antes. Quería a sus hermanos, pero T.J. y

Ryder estaban haciendo aflorar la batalla que libraba consigo mismo cada día… y Mariah se lo estaba poniendo aún más difícil. No era que el beso que le había dado en el almuerzo lo hubiera dejado con ganas de más, sino que nunca había deseado nada de esa manera.

–¿Qué es lo que te frena con Mariah? –lo presionó Ryder–. Y esta vez queremos la verdad, porque todos sabemos que el que te niegues a reconocer que sientes algo por ella no tiene nada que ver con que te lleves nueve años con ella.

Esa era una de las desventajas de que sus hermanos lo conocieran tan bien, que siempre se daban cuenta cuando no estaba siendo sincero del todo con ellos.

Inspiró profundamente y se quedó mirando un momento las gotas de condensación que rodaban por el botellín de cerveza que tenía en la mano.

–Me importa demasiado como para cargarla con un pasado como el mío –murmuró.

–Todos nosotros tenemos un pasado –le recordó T.J.–. No nos mandaron al rancho Last Chance porque fuéramos angelitos.

–T.J. tiene razón –intervino Ryder–. Todos hicimos cosas en nuestra adolescencia que lamentamos y de las que no nos sentimos orgullosos. Pero hemos encontrado a mujeres que nos quieren por los hombres en los que nos hemos convertido, y que han sabido ver más allá de esos errores estúpidos que cometimos. Además, tú lo único que hiciste fue escaparte de los hogares de acogida a los que te enviaban. El resto de nosotros sí que nos metimos en líos de los gordos.

–Lo sé –admitió Jaron–, pero es que estamos hablando de Mariah. Se merece a alguien mejor que yo.

T.J. soltó un gruñido.

–Hermano, eso es lo más estúpido que te he oído decir. Hank siempre nos decía que, aunque no podíamos cambiar el pasado, lo que sí podíamos hacer era dejarlo atrás, mirar hacia el futuro y esforzarnos para mejorar. Y, hasta donde yo sé, tú te has esforzado como el que más.

Ryder asintió.

–No hay ni uno solo de nosotros que no piense que no nos merecemos las esposas que tenemos. Pero no pasa un día en que no demos gracias a Dios por que nuestras mujeres piensen lo contrario.

–Y, por si no te has dado cuenta, eso es lo que Mariah piensa de ti, hermano –concluyó T.J., acabándose su entrecot–. Puede que no sepa lo que hizo tu viejo, ni por qué te escapabas de todos los hogares de acogida a los que te mandaban, pero, aunque sí sabe que tienes un pasado difícil, no le importa, porque lo que le importa es la persona que eres ahora.

–Lo pensaré –dijo Jaron para aplacarlos.

–Bueno, y ahora que ya hemos hablado de mí, dejad que os pregunte algo –les pidió Jaron, decidiendo que ya era hora de cambiar de tema–. ¿Cómo es que estáis aquí y no en casa, con vuestras esposas y vuestros hijos?

T.J. sonrió y le explicó:

–Summer está en mi casa con Heather y los niños. Está ayudándole a decidir entre varios diseños para decorar el cuarto del bebé.

–Sí, como saben que nosotros para esas cosas somos unos inútiles nos mandaron aquí para que no les diéramos la lata –añadió Ryder riéndose.

Cuando Jaron oyó que lo llamaban de la barra, suspiró aliviado.

–Bueno, parece que mi pedido ya está listo –dijo levantándose–. Por cierto –añadió–, os agradecería que no le dijerais a nadie lo de que Mariah está trabajando para mí.

Los dos asintieron.

–¿Vas a contárselo a los demás cuando nos reunamos para el cumpleaños de Sam? –le preguntó Ryder.

–Sí, bueno, esa era mi idea desde un principio. Pensaba que sería más fácil contároslo a todos juntos que uno a uno y que me hicierais las mismas preguntas una y otra vez –les explicó Jaron.

–Pues nada, entonces nos vemos el fin de semana, ¿no? –dijo T.J.

Jaron asintió, se despidió de ellos, y fue a la barra a por su pedido.

En el trayecto de vuelta al rancho, iba pensando en la conversación con sus hermanos. Le habían dicho algunas cosas sobre las que sabía que debía reflexionar.

T.J. tenía razón en una cosa: no parecía que a Mariah le incomodara su pasado.

Sin embargo, la gente no lo prejuzgaba porque hubiera sido un chico problemático, como ellos, sino por lo que había hecho su padre. Las familias de acogida por las que había pasado no querían al hijo de un asesino en serie bajo su techo, probablemente por temor a que se convirtiera en un psicópata como él.

Lo habían hecho sentir tan mal con sus miradas acusadoras y las constantes preguntas sobre su padre y lo que sabía de los asesinatos, que Jaron había acabado escapándose cada vez. Hasta que un día la asistente social había tenido el buen acuerdo de ponerse en contacto con Hank Calvert, el dueño del rancho Last Chance, y ese había resultado ser el día más afortunado de su vida.

Hank los había ayudado a convertirse en hombres honrados y de provecho. Les había dado sabios consejos y todos sus hermanos habían conseguido dejar atrás el pasado. ¿Por qué él no? Y, si encontrara la manera de asumir lo que había ocurrido en su infancia, ¿se sentiría finalmente libre como para intentar iniciar una relación con Mariah?

Al terminar la cena, Mariah y Jaron pasaron al salón para ver una película.

–Estaba todo buenísimo –le dijo ella cuando se hubieron sentado en el sofá.

Y era verdad que el entrecot con patatas y verduras asadas que Jaron le había llevado estaban deliciosos, pero era casi el doble de lo que ella solía comer, y estaba llena. Ni siquiera había sido capaz de probar la tarta de queso, aunque tenía una pinta increíble.

–¿No has comido nunca en el Beaver Dam? –le preguntó Jaron, alargando la mano hacia la mesita para alcanzar el mando a distancia.

–No, la verdad es que no. Solo había venido por aquí cuando teníamos alguna reunión familiar.

–Por cierto, hablando de reuniones familiares… tenemos una dentro de poco –dijo Jaron cambiando de canal–. Este fin de semana es el cumpleaños de Sam.

–Es verdad. Estoy deseando que llegue –Mariah se quitó los zapatos y se acurrucó en una esquina del sofá–. No he visto a los pequeñajos desde Navidades.

El hijo de Sam y de Bria era su único sobrino, pero quería a los hijos de todos los demás hermanos de Jaron como si también fueran sobrinos suyos.

–Y dentro de poco serán dos más –comentó Jaron–: la niña que van a tener Nate y Jessie, y el bebé de T.J. y Heather. Y no sé por qué me da que seguro que crees que también será una niña –añadió con una sonrisa socarrona.

Mariah sonrió también.

–Por supuesto.

Cada vez que una de las esposas de sus hermanos se había quedado embarazada, ella apostaba a que sería niña, mientras que Jaron insistía en que sería niño.

–Y supongo que tú crees que será un niño –le dijo a Jaron.

–Si quieres que te diga la verdad, ya no me importa –contestó él, encogiéndose de hombros–. Creía que no sabría cómo tratar a una niña pequeña, pero desde que Ryder y Summer tuvieron a Katie, con solo verla sonreír se me cae la baba.

–A mí me pasa lo mismo –le confesó ella–. Todos los chicos y Katie son adorables, y tengo por ellos pasión de tía.

–Entonces, ¿por qué cada vez que una de mis cuñadas se queda embarazada insistes en que será niña?

–¿Todavía no lo sabes? –respondió ella riéndose.

Confundido, Jaron sacudió la cabeza.

–Porque me gusta llevarte la contraria –le dijo Mariah con una sonrisa traviesa.

–¿En serio?

Cuando Mariah asintió, Jaron frunció el ceño.

–¿Pero por qué?

Mariah se inclinó hacia él y le susurró:

–Para llamar tu atención.

–Bueno, pues la verdad es que lo consigues –dijo Jaron, frunciendo el ceño aún más–. El año pasado, cuando me jacté de haber acertado al decir que Lane y Taylor tendrían un niño, pensé que te habías enfadado conmigo.

–A ninguna mujer le gusta que un hombre se regodee delante de ella cuando se equivoca.

–¿O sea que sí te enfadaste?

–Hombre, tanto como enfadarme… Me molestó.

–¿Y qué diferencia hay?

–Cuando digo que me molestó, me refiero a que no me hizo gracia –le explicó ella–. Enfadarme, lo que se dice enfadarme, me enfadé la semana pasada, cuando te comportaste como un cavernícola y le pegaste un puñetazo a ese pobre desgraciado porque pensaste que era incapaz de lidiar yo sola con él.

–Y volvería a hacerlo sin pensármelo dos veces –replicó él–. Además, ese de pobre no tenía nada. Necesitaba que alguien le enseñase a respetar a una dama.

Mariah quería que Jaron admitiera lo que había sospechado desde el principio: que si se había puesto así con aquel tipo era porque sentía algo por ella, no porque lo hubiese indignado su falta de caballerosidad.

–¿Habrías hecho lo mismo si hubiese sido otra mujer? –lo presionó.

Jaron abrió la boca y balbució como un pez antes de asentir con la cabeza.

–Claro, habría hecho lo mismo si hubiese sido cualquier otra mujer.

–Pero no era cualquier mujer –murmuró ella, dando un paso hacia él–; era yo.

No podía creerse lo atrevida que estaba siendo, pero si quería llegar al fondo de la cuestión no le quedaba otra más que arriesgarse.

–Sí, eras tú –admitió él, como a regañadientes.

–¿Sabes qué creo? –le susurró ella al oído.

Jaron se quedó tan quieto como una estatua.

–Pues creo... –Mariah lo besó en el cuello y sonrió cuando lo notó estremecerse–. Creo que estás librando una batalla perdida, vaquero.

–Mariah, no deberíamos... –Jaron se quedó mirándola, como atormentado. Cerró los ojos, pero cuando volvió a abrirlos, para su sorpresa, la rodeó con sus brazos–. ¡Al diablo!, me rindo.

Y antes de que ella pudiera preguntarle a qué se refería con eso, Jaron la sentó en su regazo y apretó sus labios contra los de ella. Mariah, por su parte, no se hizo de rogar, sino que le echó los brazos al cuello y respondió al beso con ardor.

En cuanto su lengua se encontró con la de él, una ráfaga de calor se desató en la parte más íntima de su cuerpo, y Jaron debía estar sintiendo lo mismo, porque aunque hubiera querido, no habría podido negar lo excitado que estaba. La presión de su miembro erecto contra su cadera era una prueba irrefutable.

Jaron la tumbó en el sofá y se colocó sobre ella con un muslo entre los suyos. El deseo corrió como la pólvora por sus venas, y sintió un cosquilleo en el estómago. Había estado soñando con ese momento desde la noche en que habían hecho el amor.

Mientras continuaba besándola con una ternura que le quitaba el aliento, Jaron bajó la mano a su pecho. Comenzó a acariciarle suavemente el pezón con la yema del pulgar, y experimentó una sensación tan deliciosa, que parecía que de repente se estuviera derritiendo por dentro, como la cera de una vela. Cuando sus labios se separaron de los de ella para descender por su cuello beso a beso, un gemido que había estado conteniendo escapó de la garganta de Mariah.

–No deberíamos estar haciendo esto –murmuró Jaron contra su piel.

Mariah no podía creer lo que estaba oyendo. Otra vez no... Tomó su rostro entre ambas manos y lo miró a los ojos.

–Te juro que si paras ahora... no volveré a hablarte... el resto de mi vida –le advirtió jadeante.

A él también le faltaba el aliento. Apoyó su frente en la de ella y bajó la vista a sus labios mientras continuaba acariciando el pezón endurecido a través del suéter. Mariah se estremeció y cerró los ojos, extasiada, pero de pronto Jaron se detuvo.

–Tengo... tengo que ir a comprobar algo en el establo –dijo atropelladamente. Se levantó del sofá y, cuando ella se incorporó, aturdida y frustrada, la besó en la frente–. Volveré dentro de un rato –añadió, apartándose de ella.

–¿Cuando hayas recobrado el control? –le preguntó ella sin rodeos.

Jaron se quedó mirándola en silencio, como avergonzado, antes de asentir.

–Pues... mientras estás en el establo, querría que hicieras algo por mí –dijo ella irritada, apartándose un mechón de los ojos.

–¿El qué?

–Que pienses en lo que te he dicho antes –le contestó Mariah, recogiendo sus zapatos del suelo–. Estás librando una batalla que no puedes ganar. Puedes negarlo todo lo que quieras, pero me deseas tanto como yo a ti, y sabes, igual que yo, que esto va a seguir pasando mientras esté aquí –sacudió la cabeza–. Y, a menos que me despidas, no pienso marcharme.

–No estaba... no estaba pensando en despedirte –balbució él.

–Pues entonces te sugiero que aceptes de una vez lo que hay entre nosotros –le aconsejó ella, y subió a su dormitorio, dejándolo con la palabra en la boca.

# *Capítulo Cinco*

Jaron se pasó toda la noche esperando a conciliar el sueño, hasta que el cielo, cuajado de estrellas, se tornó gris perla con la luz del alba. Entonces, finalmente se dio por vencido, se incorporó y se quedó encorvado en la cama, con los brazos apoyados en los muslos y la vista en sus manos entrelazadas.

Había estado pensando en lo que le había dicho Mariah, y en lo que le habían dicho sus hermanos. Había reflexionado detenidamente sobre lo que debía hacer y las posibles consecuencias.

Sí, llevaba años sintiéndose atraído por Mariah, pero no sabía si sería capaz de superar algún día su pasado. No podía borrar el estigma de ser hijo de un hombre al que el mundo consideraba el mal en estado puro, y no quería entrar a formar parte de la vida de Mariah arrastrando una carga así, cuando a él era a quien más le repugnaba.

Por desgracia, cada vez se le hacía más difícil resistir la tentación de sucumbir a esa atracción que sentía por ella. Nada lo haría más feliz que sentirse libre para abrazarla, besarla hasta que se quedasen sin aliento y hacerle el amor cada noche. Y Mariah, que le había dejado claro que ella también lo deseaba, no estaba ayudándolo a resistir esas tentaciones.

Pero tenía que pensar en lo que era mejor para ella y anteponer su felicidad a sus deseos. Tal vez a Mariah no le pareciese que su pasado era un problema, pero se equivocaba. Después de enterarse de quién era su padre y lo que había hecho, las familias de acogida con las que había estado lo habían mirado como si temieran que fuese a asesinarlos mientras dormían. Esas miradas eran algo que jamás podría olvidar, y si Mariah lo mirase así algún día, lo destrozaría. Tenía la esperanza de que nunca llegase a saber los repugnantes secretos que con tanto celo le había ocultado durante todos esos años.

Exhaló un pesado suspiro. Probablemente debería despedirla para alejarla de él, pero Mariah necesitaba aquel trabajo, y no se le ocurría otra manera de ayudarla sin herir su orgullo, ni molestarla, y que no quisiese hablarle nunca más. Si pudiese hallar la manera de mantener sus manos lejos de ella…

Oyó abrirse y cerrarse la puerta de su dormitorio, y luego la oyó bajando la escalera. Dejó a un lado sus preocupaciones, y fue a darse una ducha rápida. Cuando bajase, Mariah ya tendría listo el desayuno, y el tenía por delante una jornada muy ajetreada. Además, no tenía sentido perder el tiempo dándole vueltas a cosas que no podía cambiar.

Minutos después, cuando estaba acabando de vestirse, un chillido rasgó el silencio. El vello de la nuca se le erizó, y un escalofrío le recorrió la espalda. Salió corriendo al pasillo y bajó la escalera. La alarma antiincendios se había disparado, y en el aire, denso de humo, flotaba un olor a quemado. Fue corriendo a la cocina, y allí encontró a Mariah, abriendo frenética las puertas de todos los armarios, sin duda buscando algo con lo que apagar el fuego.

Fue al armario bajo el fregadero, sacó el extintor que tenía allí guardado y apagó las llamas que salían de una sartén en la hornilla antes de ir a quitar la batería del detector de humo para callar la alarma, que no dejaba de aullar.

–¿Estás bien? –preguntó pasándole un brazo a Mariah por los hombros mientras la lleva fuera, al porche de atrás.

Ella asintió entre toses.

–Sí, aunque me temo que vas a tener que esperar un poco para desayunar.

Él la abrazó, aliviado de que no le hubiese pasado nada. Mariah estaba temblando del susto.

–Quédate aquí –le dijo–. Voy a abrir las ventanas de la cocina para que se vaya el humo.

Cuando regresó, Mariah seguía temblorosa, con los brazos alrededor de la cintura. La atrajo hacia sí y le acarició la espalda.

–No te preocupes, no tiene importancia –la tranquilizó–. Lo importante es que no te ha pasado nada.

Cuando ella asintió, le preguntó:

–¿Qué había en la sartén?

–Estaba intentando hacerte un par de huevos fritos, pero de repente la sartén salió ardiendo. No sé, a lo mejor saltó el aceite fuera, o algo.

Jaron se rio suavemente.

–A lo mejor has inventado una nueva receta. Creo que nadie antes había hecho huevos flambeados.

–La verdad es que… hay algo que debería decirte sobre mis dotes culinarias –murmuró ella con la cabeza gacha.

–Te escucho –la instó él, esforzándose por contener la risa. Se hacía una idea de lo que iba a decirle.

–No tengo ni idea de cocinar –reconoció Mariah–. En mi piso lo más que preparaba eran precocinados, de esos que te dicen en la parte de atrás de la caja cuántos minutos y a qué potencia tienes que poner el microondas.

–Pues la tarta de manzana que hiciste aquella vez por mi cumpleaños estaba riquísima…

–Si no hubiera tenido a Bria a mi lado, indicándome paso a paso lo que debía hacer, habría sido incomestible –sacudió la cabeza–. Debería haberte dicho que no sé cocinar.

–Bueno, la verdad es que, cuando empecé a oler a quemado y se disparó la alarma, algo me imaginé –le dijo él con humor.

Mariah se puso roja.

–La gestión empresarial se me da mejor –murmuró con una sonrisa tímida, a modo de disculpa.

–Anda, volvamos dentro; hace frío –sugirió él.

Mientras él cerraba las ventanas de la cocina, Mariah raspó los huevos chamuscados para tirarlos a la basura, y puso la sartén en agua jabonosa.

–¿Te apetecen unas tostadas para desayunar? –le preguntó a media voz–. Eso sí que sé hacerlo sin provocar un accidente.

Él sacudió la cabeza.

–Con un café bastará.

–Ah… Iba a preguntarte por eso… –dijo ella, mirando la cafetera como si le fuese a morder–. Yo el café me lo tomaba en la oficina; tenían una de esas máquinas que funcionan con cápsulas.

Jaron sabía que no debía reírse, pero no pudo reprimir una sonrisa.

–Hacer café no tienes muchas complicaciones. Ven, te enseñaré cómo se pone la cafetera para que puedas hacerlo tú a partir de mañana.

Después de explicarle lo que tenía que hacer, fue a sacar dos tazas del armario, y cuando el café estuvo listo, les sirvió a los dos y le tendió el suyo.

–Gracias –murmuró Mariah, sentándose–. Pensé en pedirle a Bria que me enseñara a hacer algunos guisos fáciles, pero todavía no he podido ir a verla –le explicó mientras añadía un chorro de nata a su café.

–No pasa nada –Jaron se sentó a su lado y puso su mano sobre la de ella–. Aunque, si no te importa, creo que vamos a tener que hacer algún cambio en tus tareas. Se me ha ocurrido que debería darte un puesto más acorde con tu preparación. ¿Qué te parecería ser mi administradora personal?

–Mientras no tenga que cocinar nada, seguro que puedo hacerlo –dijo ella aliviada–. Pero… ¿quién se ocupará de la casa y de las comidas?

–Ese será tu primer cometido como administradora: contratar a alguien con un poco más de experiencia –la picó él, antes de tomar un sorbo de café.

Mariah sonrió vergonzosa.

–Eso no será difícil.

–Te explicaré dónde guardo los archivos del rancho en mi ordenador y te daré una clave para acceder a ellos –le dijo Jaron–. Aprovecha hoy para familiarizarte con ellos; así mañana podré hablar contigo de cuáles son mis planes a corto plazo para el rancho.

Él podía ocuparse perfectamente de la gestión del rancho, pero le había prometido un trabajo y no iba a faltar a su palabra.

–¿Sabes? Creo que ya sé a quién podrías contratar para ocuparse de las tareas de la casa… –dijo Mariah pensativa, mordiéndose el labio. Cada vez que hacía eso le entraban ganas de besarla–. Hay una mujer, Reba May, que trabajaba conmigo en la inmobiliaria y que también se ha quedado sin trabajo. Me dijo que estaba intentando encontrar algo cerca de Stephenville, donde vive su hijo con su familia.

–¿Sabes cocinar? –la picó él con una sonrisa.

–Casi tan bien como Bria –le aseguró ella–. Solía preparar la comida para las celebraciones que hacíamos en la oficina, y todo lo que llevaba estaba delicioso. La llamaré luego y le preguntaré si estaría interesada. Si me dice que sí, ¿quieres entrevistarla?

–Me fío de tu criterio –Jaron dejó su taza en la mesa y miró su reloj–. Bueno, tengo que irme. Hoy vamos a reparar esa cerca del pasto sur.

–¿Volverás para el almuerzo? –le preguntó Mariah levantándose–. No sé cocinar, pero siempre puedo hacerte un sándwich –murmuró, volviendo a morderse el labio.

Jaron sacudió la cabeza y se levantó para llevar su taza al fregadero.

–Cuando estamos trabajando en los pastos el cocinero de la cuadrilla siempre lleva comida para todos –le explicó. Fue hasta ella y la atrajo hacia sí–. Y no te preocupes por la cena. Visto lo visto, creo que lo mejor será que vayamos a comer fuera –añadió con humor.

Ella se rio.

–¿Qué ha sido de tu sentido de la aventura, vaquero?

–Creo que se esfumó al ver tus huevos flambeados –contestó él con una sonrisa. Y, sin poder reprimir más el ansia de tomar sus labios de nuevo, la besó hasta que a los dos les faltó el aliento–. Tengo que irme; los muchachos están esperándome.

–Gracias, Jaron –dijo ella en un tono quedo.

Él frunció el ceño.

–¿Por qué?

–Por no despedirme –respondió ella, y lo besó en el cuello–. Nos vemos luego.

Jaron asintió y, tras ponerse el sombrero, se marchó antes de que pudiera cambiar de idea y se quedara en la casa en vez de ir a ayudar a sus hombres. ¡De mucho le había servido el firme propósito que se había hecho al levantarse! No había pasado ni media hora, y ya había vuelto a besar a Mariah…

Quizá tuviera razón en que era una batalla perdida. Debería haberla despedido y haberle dicho que sería mejor que se buscase otro trabajo, pero la verdad era que no quería que se fuera. Solo de pensarlo se le hacía un nudo en el estómago.

Inspiró profundamente y se encaminó hacia el establo. Se sentía como si hubiese saltado desde el borde de un precipicio. Ya no podía volver atrás. Era como si, desde el momento en que le había hecho el amor a Mariah, hubiese empezado algo que ya no se podía detener. Y lo peor era que no estaba seguro siquiera de querer intentarlo.

Con una sonrisa de satisfacción en los labios, Mariah pulsó el botón izquierdo del ratón para cerrar la carpeta que contenía los archivos del rancho. No solo los había revisado uno por uno y se sentía perfectamente preparada para discutirlos con Jaron al día siguiente, sino que además ya había hablado con Reba May. Se había puesto contentísima al saber que iba a trabajar tan cerca de su hijo y su familia, y que iba a poder ganarse la vida haciendo algo que le encantaba: cocinar. Con todo eso, Mariah se sentía mucho mejor después del desastre del desayuno de esa mañana.

Mientras estaba allí sentada, felicitándose por lo bien que lo había hecho, le sonó el móvil. Miró la pantalla, y sonrió al ver que era Bria quien llamaba.

–¿Cómo está mi hermana favorita? –le preguntó alegremente.

–Soy la única que tienes –respondió Bria en un tono algo seco.

–Pareces cansada –observó Mariah, echándose hacia atrás en el asiento–. ¿Te está dando mucha guerra el pequeñajo?

–No más de lo habitual –Bria dejó escapar un suspiro–. Es que llevo varios días con un virus estomacal que no se me acaba de ir.

–¿Puedo hacer algo para ayudarte? –le preguntó Mariah preocupada–. Si me necesitas puedo ir a cuidar de Hank para que descanses un poco.

–Gracias, pero no hace falta; desde que me puse enferma está siendo un verdadero ángel –la voz de Bria destilaba amor maternal–. Y hablando de Hank, dentro de nada se despertará de su siesta, así que no puedo estar mucho rato al teléfono. Te llamaba por lo del cumpleaños de Sam. Como no me encuentro bien para organizar nada, Taylor y Lane se han ofrecido a que lo celebremos en su rancho el domingo de la semana próxima.

Taylor, la esposa de Lane, había trabajado como chef antes de mudarse a Texas, solía ayudar a Bria a preparar la comida para las celebraciones familiares, pero a Mariah le preocupaba que su hermana pudiera tener algo más serio que un virus estomacal. Era la primera vez que no iba a ocuparse de los preparativos del cumpleaños de Sam.

–¿Has ido al médico? –le preguntó–. A lo mejor puede recetarte algo.

–Tengo cita con él mañana. Pero seguro que no es nada de lo que preocuparse. Solo quería decirte lo del cambio de fecha para que lo supieras, por si ibas a hacer planes para ese día.

–Pues claro que no, ¿cómo iba a perderme el cumpleaños de Sam? –respondió Mariah, cuidándose de no hablar en plural.

Al parecer Jaron aún no le había dicho a sus hermanos que estaba trabajando para él. Si lo hubiera hecho, su hermana estaría sometiéndola al tercer grado en ese momento. Y mejor que no supiera nada, porque tenía intención de contárselo todo el día que se viesen para celebrar el cumpleaños de Sam. Había cosas que era mejor hablarlas en persona.

–Ya te llamaré mañana para preguntarte qué te ha dicho el médico. Y si cambias de idea sobre lo de que te eche una mano con Hank, no dudes en decírmelo.

–Lo haré –le prometió Bria–. Cuídate; te quiero.

–Y yo a ti –respondió Mariah antes de colgar.

Desde la muerte de sus padres nunca se despedían sin expresarse la una a la otra su cariño.

Apagó el ordenador, salió del estudio y subió a darse una ducha y a cambiarse. Jaron volvería pronto y, como le había dicho que cenarían fuera, quería estar lista cuando llegara.

Mientras se duchaba, se preguntó por qué Jaron no le habría contado nada a sus hermanos. Bueno, ella tampoco le había dicho nada aún a Bria. Tal vez Jaron solo estuviese intentando evitar que lo acribillasen a preguntas, como ella.

Quería a su hermana con toda su alma, pero a veces Bria la protegía demasiado, y más aún en lo referente a Jaron. No era que Bria pensase que no se fuese a comportar como un perfecto caballero. Mariah sabía que su hermana confiaba plenamente en todos los hermanos de su marido.

Pero Bria sabía lo que sentía por Jaron, y que él nunca le había dado razón alguna para creer que estaba interesado en ella. Estaba segura de que cuando le dijera que estaba viviendo y trabajando en el rancho Wild Maverick se sentiría obligada a advertirle de que no debía hacerse ilusiones ni ver algo donde no había nada.

Claro que no iba a contárselo todo. Escucharía lo que le tuviera que decir su hermana, y respondería a las preguntas que pudiera sin entrar en lo personal, pero lo que había pasado entre ellos, dos adultos, no era asunto de nadie.

Al día siguiente, con Mariah sentada frente a él en su estudio, a Jaron le estaba costando un horror concentrarse en los asuntos del rancho que estaban discutiendo. En lo que podía pensar era en llevarla arriba y hacerle el amor.

La noche anterior, cuando habían salido a cenar, había tenido el mismo problema. En el restaurante Mariah había estado hablándole con entusiasmo de la mujer a la que había contratado como asistenta, pero no lograba recordar nada de lo que le había dicho, salvo que se llamaba Reba no-sé-qué y que empezaría el primer día del siguiente mes.

Había sido una suerte que, al volver al rancho, el capataz lo hubiese llamado al móvil para decirle que dos vacas estaban a punto de parir y evitar lo que ya sabía que era inevitable: que pronto acabarían en la cama de nuevo.

–¿Me estás escuchando? –preguntó Mariah impaciente.

–Perdona –se aclaró la garganta–, estaba pensando en otra cosa.

–Eso es evidente –contestó ella riéndose–. Te he

preguntado si tu idea es dedicarte exclusivamente a la cría de ganado para la venta de carne orgánica.

Él asintió.

–Hay un mercado importante de carne de vacuno sin hormonas ni antibióticos, y la demanda está aumentando.

–¿Y qué me dices de la raza de tus reses? –inquirió ella, mientras tomaba notas en su tableta–. ¿Vas a seguir criando solamente reses Brangus, o tienes pensado introducir otras razas en tu cabaña?

–No, solo Brangus –respondió él divertido.

Era obvio que se había informado bien y que estaba esforzándose por aprender todo lo que debía saber el administrador de un rancho.

–Por lo que he leído, es una raza muy popular de res, ¿no? –inquirió Mariah, sin dejar de tomar notas.

–Los Brangus son un cruce entre las razas Brahman y Black Angus, y tienen lo mejor de ambas –le explicó él, encogiéndose de hombros–. Su carne tiene buen sabor y es de una calidad excelente, como los Angus, y son más resistentes y están mejor adaptados al clima de Texas, como los Brahman.

–Entiendo –Mariah alzó la vista hacia él–. Hay algo más que quería preguntarte, porque no dejo de darle vueltas... Salta a la vista que sabes lo que quieres y cómo conseguirlo. Podrías administrar el rancho perfectamente sin un administrador. ¿Por qué me has contratado? –inquirió frunciendo el ceño.

–Porque soy un vaquero de corazón, cariño –le respondió Jaron levantándose. Y, dejándose llevar por un impulso, rodeó la mesa, alzó a Mariah en volandas y la llevó hasta un sillón orejero que tenía en el rincón para sentarla en su regazo–. Si tengo a alguien ocupándose de los detalles administrativos, yo puedo estar fuera, trabajando con los muchachos, que es lo que me gusta.

Los ojos verdes de Mariah lo escrutaron en silencio.

–Jaron, lo de los juegos no va conmigo –le dijo muy seria al cabo de un rato.

–Conmigo tampoco –respondió él, algo aturdido.

–Entonces, ¿por qué te has pasado la última semana y media comportándote conmigo como te has comportado? –le espetó ella–. Tan pronto me besas como me apartas de ti, y quiero saber por qué.

–Perdona, tienes razón –murmuró Jaron. Depositó un beso en sus suaves y perfectos labios y añadió–: He estado intentando hacer lo que creía que era mejor para ti, pero el tenerte aquí, conmigo, mina mis buenas intenciones.

Para su sorpresa, Mariah sonrió.

–En otras palabras… que yo tenía razón: estás librando una batalla que desde el principio sabías que no podías ganar.

–Supongo que sí –admitió él, devolviéndole la sonrisa.

–Bueno, me alegra que por fin hayas entrado en razón y te hayas dado cuenta. ¿Y ahora qué? –le preguntó Mariah, poniéndose seria de nuevo–. ¿Vas a decirme por qué me hiciste el amor y a la mañana siguiente hiciste como si aquello no hubiese significado nada para ti?

–No te andas por las ramas, ¿eh? –Jaron inspiró profundamente–. Después de que mi madre muriera, ya no tenía a nadie que se preocupara por mí. Con ninguna de las familias de acogida por las que pasé me sentía querido, así que siempre acababa escapándome, y mi situación solo cambió cuando me trajeron al rancho Last Chance. Allí aprendí lo que es una verdadera familia.

–¿Por eso siempre has sido más callado y reservado que tus hermanos? –le preguntó ella con suavidad–. ¿Porque sigues teniendo miedo al rechazo?

–Es más fácil aprender a estar solo que hacerte ilusiones, pensando que una persona quiere tu amistad, o que un sentimiento de cariño es recíproco, y luego llevarte una decepción al darte cuenta de que no es así –le confesó Jaron encogiéndose de hombros.

–Pero, como tú has dicho, las cosas han cambiado. Has encontrado una familia que te quiere, y el pasado pertenece al pasado. ¿No crees que puedas estar preparado para dar un paso adelante y correr esos riesgos que hasta ahora no te has atrevido a correr? –le preguntó Mariah con cautela.

No iba a mentirle, pero tampoco podía decirle que había otra razón por la que no quería embarcarse en una relación.

–Cariño, dudo que jamás llegue a superar esa parte de mi vida –le dijo con sinceridad–. Pero cuando hice el amor contigo no fue solo por un impulso, y no quiero que pienses que no significó nada para mí –la rodeó con sus brazos y la besó con ternura–. Como te dije esa noche, no pudo ofrecerte nada más allá del aquí y el ahora, y sé que no es justo para ti –añadió. Por la expresión de Mariah, dedujo que no le estaba gustando su respuesta–. Y por eso lo entenderé si decides que ya has tenido bastante y quieres marcharte.

Mariah se bajó de su regazo, y con una sonrisa que hizo que el corazón le palpitara con fuerza, contestó:

–No pienso marcharme. Estoy deseando empezar con mi trabajo.

Jaron se levantó también y le rodeó la cintura con los brazos.

–Hace muy buen día –dijo–. ¿Qué te parece si salimos y damos una vuelta a caballo para que puedas conocer el rancho?

–¿A caballo? –repitió ella.

–¿Hay algún problema?

–Pues yo diría que sí… porque no sé montar a caballo –contestó ella riéndose.

–¿Cómo? No puedes vivir en un rancho sin aprender a montar –la picó él–. Hoy montarás conmigo, y la semana que viene, cuando tenga un poco más de tiempo, empezaré a darte clases.

–Estupendo; iré a por mi chaqueta –respondió Mariah, apartándose de él.

–Nos vemos en las cuadras –le dijo Jaron mientras ella subía la escalera–. Iré ensillando mi caballo.

Mientras salía de la casa y se dirigía a las cuadras, Jaron se sentía mejor habiéndole explicado a Mariah una parte del problema. Parecía que había sido suficiente, al menos de momento. No le cabía la menor duda de que antes o después querría conocer la historia completa, pero mientras pudiera pospondría ese momento y disfrutaría del tiempo que fuese a estar con él.

Diez minutos después Mariah se reunió con él en las cuadras, donde estaba esperándola con su caballo Chico. Montó él primero, y luego la ayudó a ella a subir delante de él. Tomó las riendas y espoleó suavemente a Chico para que se pusieran en marcha.

Apenas habían recorrido quince metros cuando empezó a preguntarse cómo demonios podía habérsele ocurrido que Mariah montara con él. Tenía su delicioso trasero apretado contra la entrepierna, y su miembro estaba reaccionando como cabría esperar.

–¿Eso que hay más adelante es un arroyo? –inquirió ella, aparentemente ajena a su momento de aprieto.

Jaron hizo lo que pudo por ignorar a sus hormonas y concentrarse en la conversación.

–Hay dos arroyos en el rancho –dijo, echándose un poco hacia atrás–. El otro discurre desde la linde noreste de la propiedad hasta la linde oeste.

–Lo cual te viene muy bien para abrevar al ganado –comentó ella.

Esa sagaz observación hizo sonreír a Jaron. Le parecía adorable el interés y la determinación que estaba mostrando por aprender todo lo relacionado con el rancho.

–Sí, es una de las razones por las que compré esta propiedad, aparte de la proximidad con los ranchos de mis hermanos: porque tiene buenos prados para que paste el ganado y dos arroyos de agua potable para abrevarlo.

Mientras continuaban recorriendo el rancho, contestó a las docenas de preguntas que ella le hizo sobre la propiedad, y tuvo la sensación de que Mariah iba a ser una administradora estupenda. Todas sus preguntas y observaciones habían sido muy perspicaces, y hasta le había dado un par de buenas sugerencias.

Pero hacía más de una hora que habían salido, y había decidido que lo mejor sería que iniciaran ya el camino de regreso, porque Mariah no dejaba de moverse en la silla, y se notaba cada vez más tirante la entrepierna. De hecho, debía tener tal cantidad de adrenalina fluyendo por sus venas que estaba seguro de que, si lo intentase, sería capaz de levantar un tractor.

–Otro día acabaré de enseñarte la parte norte –le dijo. Ya no aguantaba más–. Pronto empezará a oscurecer.

–Me ha encantado ver tu propiedad; gracias por el paseo.

–No hay de qué. Me alegra que lo hayas disfrutado –contestó él–. ¿Sabes qué? Cuando llegue la primavera podríamos decirle a Reba May que nos prepare una cesta con comida y hacer un picnic a la orilla de uno de los arroyos.

–¿Y podríamos ir de pesca? –inquirió ella, girando la cabeza hacia él–. Cuando Bria y yo éramos niñas, mi padre nos llevó unas cuantas veces a pescar con él. Bueno, en realidad no pescábamos mucho, pero nos bañábamos en el lago y lo pasábamos muy bien.

Jaron asintió.

–Claro, iremos. El agente inmobiliario que me enseñó la propiedad el otoño pasado me dijo que en los arroyos hay percas y siluros.

–Yo no sabría distinguirlos –le confesó ella riéndose–, pero estoy deseando que vayamos.

Parecía que lo decía de verdad, y Jaron decidió que, a pesar de que había sido una tortura para él, el paseo a caballo había merecido la pena. Aunque no pudiera comprometerse en una relación seria, haría todo lo posible para hacerla feliz durante el tiempo que estuvieran juntos.

# *Capítulo Seis*

Después de darse una ducha, Mariah entró el vestidor preguntándose qué debería ponerse.

Desde aquel paseo a caballo por el rancho, hacía unos días, apenas lo había visto. Él se había disculpado diciéndole que estaban en época de cría. Le había explicado que era un periodo que duraba varias semanas, y que como la gran mayoría de las vacas de su cabaña eran primerizas, tenían que vigilarlas muy de cerca desde que se quedaban preñadas por si hubiera algún problema, y cuando ya estaban para parir.

Pero ese día había llegado más pronto y la había sorprendido diciéndole que, como era San Valentín, había planeado algo especial, y que esa noche saldrían a cenar.

Mientras movía las perchas, intentando escoger un vestido, una sonrisa se dibujo en sus labios. Desde la charla que habían tenido días atrás, se veía a Jaron más relajado, y aprovechaba cualquier ocasión para hacerle una tierna caricia, o para tomarla entre sus brazos y besarla hasta dejarla sin aliento. Y ella no podía sentirse más feliz.

Sabía que aquello no suponía ningún tipo de compromiso por su parte, ni tampoco le había dado a entender que fuera a haberlo en el futuro, pero el cambio que se había producido en él hacía que albergara esperanzas.

Quizá fuera absurdo por su parte pensar que con el tiempo Jaron acabaría superando la tristeza y la sensación de rechazo que había vivido en su niñez. Y su intuición le decía que había más problemas en su pasado de los que le había contado. Pero se había abierto a ella, y eso era un comienzo.

Tal vez algún día se sentiría capaz de contarle todo por lo que había pasado y el motivo por el que lo habían enviado al rancho Last Chance. Se daba cuenta de que era muy posible que estuviese engañándose a sí misma y que acabase con el corazón roto, pero había decidido darle tiempo a Jaron.

Pero ahora tenía que centrarse y escoger un vestido, se dijo. Cuando apartó un vestido de cóctel negro y vio el que llevaba la noche que paró en el Broken Spoke, una sonrisa acudió a sus labios. A Jaron parecía haberle gustado mucho, y como era de un color rojo oscuro y con un poco de brillo, era perfecto para una cena de San Valentín.

Descolgó el vestido y tomó sus zapatos negros de tacón de aguja. Salió del vestidor, echó el vestido sobre la cama y dejó los zapatos en el suelo antes de ir a la cómoda donde tenía la ropa interior.

Mientras se ponía el sujetador negro sin tirantes de encaje y satén y las braguitas a juego, rogó para sus adentros por que Jaron los volviese a encontrar tan irresistibles como la primera vez que la había visto con ellos.

Una media hora después bajó la escaleras ya vestida, maquillada, peinada, y lista para una cita con el hombre más sexy sobre la faz de la Tierra. Se quedó sin aliento cuando lo vio esperándolo al pie de la escalera. Ataviado con una camisa blanca de manga larga y unos vaqueros de color azul oscuro, no podía estar más guapo.

Cuando la vio aparecer, el deseo en su mirada y la sonrisa en sus labios hizo que el estómago se le llenara de mariposas y que una sensación cálida la inundara.

–Estás preciosa –dijo tomándola de la mano cuando llegó al último escalón.

Mariah sonrió.

–Tú también estás muy guapo.

Jaron la besó con ternura y le susurró:

–Me encanta ese vestido.

Un cosquilleo le recorrió la espalda a Mariah.

–Bueno, ¿vas a decirme adónde vamos? –le preguntó con voz ronca.

–Aún no –respondió él, conduciéndola por el pasillo. Se detuvo justo antes de que llegaran a la cocina–. Cierra los ojos.

–Jaron, ¿qué…?

Él la silenció poniendo un dedo en sus labios.

–Quiero que sea una sorpresa –dijo, y le besó el hombro, dejándole un cosquilleo en la piel.

Mariah obedeció.

–No dejes que me choque con nada –le pidió riéndose. Cuando el brazo de Jaron le ciñó la cintura para guiarla cuando atravesaron la cocina, tuvo la sensación de que no estaban solos–. ¿Jaron?

–Ya casi estamos –le dijo él.

Cuando Jaron se detuvo, Mariah giró la cabeza hacia él.

–¿Puedo abrir ya los ojos?

–Dame un segundo –respondió él, apartándose de ella.

A Mariah le llegó un olor a cerilla antes de que Jaron volviera a su lado.

–Ya puedes abrirlos.

Mariah abrió los ojos y vio que estaban en el solárium. Había una pequeña mesa redonda junto a la cristalera, cubierta con un mantel rojo y dispuesta con una elegante vajilla de porcelana. En el centro titilaba la luz de las velas de un candelabro. Mariah alzó la vista hacia el techo abovedado de cristal y vio el cielo salpicado de estrellas.

–Es precioso, Jaron –dijo volviéndose hacia él y echándole los brazos al cuello–. Pero... ¿quién hay en la cocina?

Él se rio y le rodeó la cintura con los brazos y la besó en la punta de la nariz antes de contestar.

–Una cocinera y un camarero del servicio de cátering que he contratado.

–¿Pero cómo has podido organizar todo esto en el poco tiempo que he tardado en ducharme y arreglarme? –le preguntó ella.

–Cariño, a mí me lleva menos de media hora darme una ducha, afeitarme y vestirme –contestó él con una sonrisa pícara–, pero tú tardas tu buena hora y media en prepararte cuando te digo que vamos a salir.

–¿Eso es una queja? –inquirió enarcando una ceja.

–¡Dios me libre! –Jaron le dio un beso que hizo que se derritiera por dentro–. Para verte así de bonita, sería capaz de esperar un día entero.

–Eso parece sacado de una canción –dijo ella riéndose.

Él se encogió de hombros mientras la conducía hasta la mesa.

–Es la verdad.

Le retiró la silla para que se sentara y luego se sentó frente a ella.

–Espero que no te importe que no vayamos a salir.

–En absoluto.

El camarero apareció en ese momento con una botella de champán, y después de servirles a ambos, se retiró de nuevo a la cocina. Jaron alargó el brazo para poner su mano sobre la de ella.

–Esta noche te quería solo para mí –le susurró, y Mariah se sonrojó.

El camarero regresó con el plato principal –un delicioso solomillo con salsa de manzana acompañado de espárragos verdes y arroz pilaf– y comenzaron a cenar mientras charlaban de todo y nada bajo las estrellas.

Cuando hubieron terminado, el camarero se llevó los platos, y al poco rato regresó en compañía de la cocinera con el postre, una bandeja de plata con apetitosas fresas con chocolate. La cocinera les dio las gracias por usar el servicio de cátering, les preguntó si todo había estado a su gusto, y el camarero y ella les dieron las buenas noches antes de marcharse.

–No podría haber imaginado una velada mejor –comentó Mariah, mientras Jaron tomaba una fresa y se la acercaba a los labios. Le dio un mordisco y paladeó la mezcla de intensos sabores–. Gracias, Jaron. Ha sido un San Valentín perfecto.

Él sacudió la cabeza y terminó de comerse el resto de la fresa.

–Todavía no ha terminado, cariño.

–¿Qué más tienes planeado?

–Ya lo verás –contestó él con una sonrisa.

Cuando alargó la mano para secar con el pulgar una gota del jugo de la fresa de sus labios, Mariah abrió la boca y le lamió la yema del dedo. Los ojos de Jaron se oscurecieron de deseo.

–Estoy deseando ver qué otras sorpresas tienes para mí –murmuró Mariah, acalorada.

Jaron se levantó y fue a la minicadena que había sobre un mueble junto a la pared. Pulsó algunos botones y empezó a sonar un canción *country* lenta y muy conocida por los altavoces.

Cuando volvió a la mesa, le tendió la mano a Mariah y le preguntó:

–¿Me concedes este baile?

–Creía que no me lo pedirías –respondió ella, poniendo su mano en la de él.

Sabiendo lo poco que le gustaba bailar, le llegó al corazón que estuviera haciendo aquello solo para complacerla.

Jaron le rodeó la cintura con los brazos, y ella le puso las manos en los hombros. Mientras se mecían al ritmo de la música, enredó los dedos en su corto cabello castaño y lo miró a los ojos. Aquel había sido el día de San Valentín más romántico y memorable de toda su vida.

Cuando la canción terminó y empezó la siguiente, ninguno de los dos se percató. Mariah no podía pensar en nada con la creciente erección de Jaron presionando contra su vientre. Se moría porque volviera a hacerle el amor.

–No sabes cómo te deseo –le dijo Jaron.

–Y yo a ti… –murmuró ella. Cuando la besó, le flaquearon las rodillas.

–Vamos arriba.

Incapaz de articular palabra, Mariah asintió con la cabeza, y Jaron se volvió para apagar las velas del candelabro. Subieron al dormitorio de él, y Mariah no pudo evitar esbozar una sonrisa divertida cuando él la levantó del suelo y la llevó hasta la cama.

–¿Por qué te gusta tanto llevarme en volandas? –le preguntó besándolo en el cuello–. ¿Es un comportamiento de macho alfa o algo así? –lo picó.

Jaron se rio entre dientes.

–No lo había pensado, pero puede que sí –la dejó en el suelo y la besó con dulzura–. ¿Alguna queja?

Ella sonrió y tomó su rostro entre ambas manos.

–Ninguna.

–Sé que es un poco tarde para preguntar, pero… ¿seguro que es esto lo que quieres? –inquirió él, mirándola a los ojos–. Sigo sin poder prometerte nada más que…

Ella puso un dedo en sus labios para interrumpirlo.

–No te estoy pidiendo que me prometas nada. Lo único que quiero es que volvamos a compartir esa experiencia tan hermosa que fue hacer el amor contigo por primera vez.

–Esta vez será mejor.

–No me imagino cómo podría ser eso posible.

–Entonces, tendré que demostrártelo.

Jaron inclinó la cabeza y, cuando tomó sus labios, Mariah supo que le importaba. Tal vez él no fuese consciente de hasta qué punto, pero ella sí. Ningún hombre la había estrechado entre sus brazos como lo hacía él, como si fuese algo raro y precioso, ni la habían besado con la ternura con que la besaba él. Y, por el momento, a ella le bastaba con eso.

Jaron deslizó la lengua dentro de su boca y la movió de un modo muy erótico, imitando el acto sexual. Mariah no quería que parara, pero Jaron puso fin al beso para descender con pequeños mordiscos por su mandíbula y el cuello hasta llegar a la clavícula.

–¿Qué te parece si nos quitamos la ropa? –le susurró, y sin esperar una respuesta, se agachó para sacarse las botas y quitarle a ella los zapatos de tacón.

–Me parece una idea excelente –murmuró ella.

Por un momento se preguntó por qué no habría encendido Jaron la lámpara de la mesilla, pero la luz de la luna se filtraba a través de las finas cortinas blancas. Le pareció tan romántico que se olvidó del asunto y se puso a desabrocharle la camisa a Jaron.

–Me muero por volver a tocar esos abdominales tan marcados que tienes…

Jaron se rio.

–¿Es eso lo que te excita de mí? ¿Mis abdominales?

Mariah esbozó una sonrisa traviesa mientras terminaba de desabrochar los últimos botones.

–Y tus pectorales, y tus bíceps, y tus cuádriceps y…

–Creo que ya capto la idea.

Mariah le abrió la camisa y rozó con las uñas la piel caliente de su tórax.

–También me gustan tu estómago y tus caderas –añadió, dejando que sus dedos continuaran descendiendo cuando alcanzó el ombligo.

Jaron jadeó cuando metió la mano por debajo de la cinturilla de los vaqueros.

–Estás jugando con fuego, cariño.

–¿Quieres que pare? –le preguntó ella, alzando la vista para mirarlo, mientras con la otra mano le sacaba la camisa del pantalón.

La sonrisa pícara de Jaron hizo que una ola de calor la recorriera de la cabeza a los pies.

–Yo no he dicho eso.

Mariah le desabrochó el cinturón y el pantalón.

–Entonces… ¿Qué estás diciéndome, vaquero?

–Que, como decía la tercera ley del movimiento de Newton, cada acción conlleva una reacción.

Jaron se estremeció cuando ella se puso a juguetear con el tirador de la cremallera.

–Me parece que no es exactamente eso lo que decía esa ley de Newton –lo picó Mariah con una sonrisa.

–Cuando acabes de torturarme, te haré una demostración –le prometió él.

–Estoy impaciente –Mariah deslizó una uña por

los dientes de la cremallera que mantenía preso su miembro.

Tembloroso, Jaron dio un paso atrás.

–Una cremallera puede ser peligrosa para un hombre en una tesitura como en la que yo me encuentro ahora –le dijo bajándola él–. No querría que un movimiento equivocado te arruinara la diversión.

–¿Y tú, no te lo estás pasando bien? –inquirió Mariah. Ella estaba disfrutando de lo lindo con aquella conversación picante.

–Ya lo creo –Jaron se inclinó para susurrarle al oído–: Pero me lo pasaré aún mejor cuando te demuestre a qué me refería con lo de la ley de Newton.

–Y yo, como he dicho antes, estoy deseando que me lo demuestres –contestó ella, estremeciéndose de deseo. Le puso las manos en los hombros para empujar la camisa hacia atrás–. Tienes un cuerpo perfecto –murmuró, devorándolo con los ojos.

–A veces las apariencias engañan –contestó él, sacudiendo la cabeza.

Pero antes de que Mariah pudiera preguntarle qué quería decir, se bajó los pantalones y los boxers y los arrojó a un lado de un puntapié.

–Has encendido mi motor, y está funcionando con todos los cilindros… ha llegado el momento de enseñarte qué quería decir con la acción y la reacción.

Su boca se cerró sobre la de ella, y mientras la besaba con ardor, le bajó el vestido. Cuando la prenda cayó al suelo, la miró a los ojos y le bajó las braguitas. Luego, le desabrochó el sujetador, lo arrojó a un lado, y la atrajo hacia sí.

El sentir sus senos apretados contra los duros músculos de Jaron hizo que le temblaran las rodillas.

–Tienes una piel tan suave... –murmuró Jaron, subiendo y bajando las manos por su espalda.

Mariah le mordisqueó el cuello, trazó un sendero con la lengua hasta llegar a sus pectorales, y Jaron se quedó muy quieto cuando besó un pezón y después el otro.

–Quieres... que me dé un infarto... ¿verdad? –le dijo Jaron sin aliento.

A Mariah le gustaba la idea de ser capaz de excitarlo hasta ese punto, le gustaba esa sensación de poder.

–No te imaginas cómo te necesito –le susurró.

–Y yo a ti, cariño –Jaron inspiró profundamente–. Anda, tendámonos ahora que aún tenemos fuerzas suficientes para llegar a la cama.

Cuando estuvieron acostados la atrajo hacia sí y la besó con tal pasión que cuando se separaron sus labios Mariah se notó algo mareada. Jaron tomó sus senos con ambas manos y los masajeó suavemente, haciendo que un cosquilleo delicioso le recorriera la piel y llegase a la parte más íntima de su cuerpo.

Mariah también quería tocarlo a él, darle el mismo placer que él le estaba dando a ella. Deslizó la mano lentamente por sus abdominales y su tenso estómago. Cuando alcanzó al sendero de vello púbico que nacía bajo su ombligo, lo siguió con el índice hasta llegar a su pujante erección.

No tenía ni idea de lo que estaba haciendo, pero mientras acariciaba su miembro, familiarizándose con su forma y su tacto, un gruñido de placer escapó de la garganta de Jaron. Parecía que estaba disfrutando con su ingenua exploración, pero al cabo de un rato empezó a impacientarse por que la hiciera suya otra vez.

–Cariño, no te lo tomes a mal –le dijo Jaron de repente, agarrando su mano para detenerla–. Me encanta lo que estás haciendo, pero si sigues no podré seguir controlándome mucho tiempo.

–Entonces, ¿por qué no haces algo para remediarlo? –lo instó ella, algo sorprendida con su propio descaro.

–Buena idea –respondió él con una sonrisa–. Te prometo que esta vez no te dolerá –le dijo, y alargó el brazo para tomar un preservativo que había sobre la mesilla.

Cuando se lo hubo puesto, se colocó encima de ella, tomó su mano y la ayudó a guiarlo dentro de ella. Mariah contuvo el aliento cuando Jaron empujó suavemente hacia delante y empezó a penetrarla.

La exquisita sensación de plenitud, de estar unida de un modo tan íntimo con el hombre al que amaba, era abrumadora. Jaron se detuvo.

–¿Estás bien? No te duele, ¿no?

–Estoy bien –respondió ella, rodeándole el cuello con los brazos–. Por favor, Jaron, hazme el amor.

Jaron le sostuvo la mirada mientras comenzaba a sacudir las caderas lentamente, y pronto Mariah se abandonó a la maravillosa sensación de placer que estaba experimentando. Era como si solo fuesen uno: un mismo corazón y una misma alma. Luchó por prolongar aquella conexión entre ellos todo lo posible, pero demasiado pronto comenzó a notar que los músculos de su vagina se tensaban, y supo que estaba aproximándose al clímax.

De repente sintió como si un millar de estrellas hubieran estallado en su interior, la deliciosa tensión que había ido acumulándose en ella desapareció, y la sacudieron, una tras otra, increíbles oleadas de placer.

Mientras volvía a la realidad, sintió a Jaron hundirse dentro de ella una última vez y de su garganta escapó un intenso gemido. Él también había llegado al orgasmo. Cuando se derrumbó sobre ella, Mariah lo besó en el hombro y, rodeándolo con sus brazos, se deleitó en aquel momento de perfecta armonía.

–Debo pesarte mucho... –dijo Jaron, haciendo ademán de incorporarse.

Pero ella, reacia a dejarlo ir aún, lo abrazó con más fuerza.

–No, no me pesas –replicó–. Ha sido aún más hermoso que la primera vez –añadió en un murmullo al cabo de un rato.

–Y cuantas más veces lo hagamos, mejor será –respondió él, y la besó con tal ternura que a Mariah se le humedecieron los ojos.

Cuando Jaron se quitó de encima de ella y se tumbó a su lado, Mariah se giró y se abrazaron de nuevo el uno al otro. Mientras le acariciaba distraídamente la espalda, Mariah notó en su piel algo que parecían cicatrices.

El corazón le dio un vuelco al recordar las cicatrices que le había visto en los hombros. Cuando le había preguntado por ellas, Jaron le había respondido de un modo vago, diciéndole que todos los que participaban en rodeos tenían unas cuantas cicatrices. Sin embargo, lo que ella acababa de palpar en su espalda...

–Jaron, ¿puedo preguntarte algo?

Él la besó en la frente.

–Claro. ¿Qué quieres saber, cariño?

–Lo que tienes en la espalda... ¿son cicatrices?

Él se puso tenso.

–Sí –contestó con aspereza.

Aun en la penumbra Mariah se había dado cuenta de que se había ensombrecido su rostro.

–¿Qué te pasó, Jaron?

–No es algo que necesites saber –la cortó él.

El tono seco de su voz estaba advirtiéndole que dejara el tema. Mariah intuyó que aquellas cicatrices tenían que ver con las razones por las que pensaba que no era el hombre adecuado para ella.

–Perdona –murmuró–. No pretendía entrometerme.

Jaron cerró los ojos un instante y, cuando volvió a abrirlos, sacudió la cabeza.

–Es algo que prefiero olvidar. Anda, olvídalo y durmamos un poco.

–Quizá debería volver a mi habitación –dijo Mariah.

Se sentía fatal por haber sacado un tema. Había sido una velada perfecta hasta ese momento, y tenía la impresión de que la había echado a perder.

Sin embargo, Jaron la estrechó con fuerza entre sus brazos.

–Pues yo creo que deberías quedarte donde estás.

Mariah escrutó su rostro en silencio.

–De acuerdo, pero tienes que prometerme que mañana me despertarás temprano.

Jaron frunció el ceño.

–¿Para qué?

–Quiero poner una lavadora y repasar la lista de suministros que necesitamos para los caballos antes de llamar a la tienda y hacer el pedido –respondió ella, ahogando un bostezo.

Jaron le prometió que la despertaría, y así terminó la conversación. Se quedaron los dos en silencio, pero Mariah no podía dejar de pensar en el descubrimiento que había hecho.

Parecían de heridas bastante profundas. Parecía que el drama de su infancia no se limitaba únicamente a la muerte de su madre y a que desde entonces a nadie le hubiese preocupado qué fuera a ser de él. No, había algo más, algo terrible le había pasado.

Era evidente que había sufrido a manos de alguien cruel, alguien sin corazón. Ahora comprendía por qué siempre se mostraba más callado y reservado que sus hermanos. Debían haberlo maltratado, y aún arrastraba ese trauma.

Le dolía el corazón de solo pensar en todo lo que debía haber pasado. Conteniendo las lágrimas, se prometió que no volvería a preguntarle por aquellas cicatrices. Si en algún momento él se sentía preparado para contárselo, le escucharía, pero preferiría morir antes que hacerle revivir algo que era obvio que le resultaba muy doloroso. Tenía que ser paciente con él.

# *Capítulo Siete*

El domingo siguiente, al volante de su camioneta por la carretera que llevaba al rancho Lucky Ace, Jaron miró a Mariah, que iba sentada a su lado. Desde que le había preguntado por las cicatrices de su espalda, no había vuelto a sacar el tema.

No podía contarle qué le había provocado esas cicatrices entrecruzadas. Si lo hiciera, tendría que hablarle del sádico de su padre, y eso la llevaría a hacer más preguntas que tampoco quería contestar.

Cuanto más le revelase de su pasado, más probabilidades habría de que recordase haber oído en las noticias lo de aquel asesino en serie, o de que lo buscase en Internet y descubriese toda la sórdida historia.

De hecho, tal vez ya hubiera hecho una búsqueda para intentar averiguar algo más sobre su pasado, pero estaba tranquilo, después de que condenaran a su padre se había cambiado el apellido por el de soltera de su madre.

Pero el solo imaginar que pudiera descubrirlo, el solo imaginarla mirándolo con miedo y suspicacia, como las familias de acogida por las que había pasado, hacía que se le encogiese el estómago.

–¿Le has contado a tus hermanos que estoy trabajando para ti? –le preguntó Mariah.

No habían discutido cuándo iban a contárselo al resto de la familia, ni qué iban a decirles, pero Jaron sospechaba que Mariah tenía las mismas razones que él para querer mantenerlo entre ellos dos.

De hecho, en ese momento parecía algo nerviosa, y él sentía la misma aprensión. Ya había pasado por el interrogatorio de Ryder y T.J.

No en vano, durante los últimos años había tenido que aguantar sus bromas y todas las veces que lo habían picado, preguntándole cuándo iba a pedirle una cita a Mariah. Sin embargo, a juzgar por la reacción de Ryder y T.J., parecía que también les preocupaba si lo suyo podría funcionar o no, y que alguno acabase con el corazón roto.

–Se lo he contado a Ryder y a T.J.; no tuve elección –admitió mientras giraba el volante–. Me los encontré la noche que fui al Beaver Dam para comprar algo de cenar. Pero les pedí que lo mantuvieran en secreto hasta que nos reuniéramos todos.

Mariah asintió.

–Yo pensé en decírselo a Bria el otro día, cuando me llamó para contarme lo del cambio de planes para el cumpleaños de Sam, pero no se encontraba bien y decidí que no era un buen momento.

Jaron comprendía su reticencia. Seguramente su hermana se habría preocupado, como sus hermanos.

Después de que hicieran el amor en San Valentín, Mariah había estado durmiendo con él en su habitación, y por lo que al respectaba, allí era donde debería seguir durmiendo hasta que ella quisiera.

De repente sintió una punzada de culpabilidad.

¿Estaría dándole falsas esperanzas? Le había dejado claro que no podía hacerle promesas de ningún tipo, y Mariah le había respondido que ella tampoco se las estaba pidiendo. Pero... ¿podían ser las cosas así de simples? ¿Cuánto tiempo seguiría satisfecha con ese acuerdo al que habían llegado?

Habían llegado. Cuando aparcó junto a las camionetas y todoterrenos de sus hermanos, Jaron decidió que no quería saber la respuesta a esas preguntas. Se temía que, si supiese que Mariah creía que lo suyo iba a desembocar en algo más, no tendría las fuerzas necesarias para hacer lo mejor para los dos y poner fin a aquello.

–Bueno, llegó el momento de enfrentarnos a la familia –dijo antes de bajarse y dar la vuelta para abrirle la puerta a Mariah.

Cuando le tendió la mano para ayudarla a bajar, ella vaciló.

–Jaron, yo... Creo que no hace falta que les contemos la clase de relación que tenemos –le dijo–. Basta con decirles que estoy trabajando para ti, ¿no?

Él asintió.

–Por supuesto; lo que hagamos con nuestras vidas no es asunto de nadie.

–Es verdad –contestó ella, con una amplia sonrisa–. Además, me gusta que sea nuestro pequeño secreto.

–A mí también. Anda, vamos; estarán esperándonos.

La ayudó a bajar de la camioneta, pero luego le soltó la mano y se aseguró de dejar un espacio respetable entre ellos mientras subían hacia la casa. No quería arriesgarse a que alguno de sus hermanos o sus esposas se asomaran a la ventana y los vieran de la mano.

–Me va a resultar muy difícil mantener las manos quietas hoy contigo –le confesó a Mariah.

Ella se rio.

–¿Te imaginas la cara que pondrían todos si me rodearas con el brazo o me besaras?

–Podría ser peligroso –contestó él con una sonrisa divertida–. El otro día el pobre T.J. casi se atraganta cuando les conté a Ryder y a él que te había contratado para que trabajaras para mí.

–Pues no quiero ni pensar cómo habría reaccionado si llega a enterarse de que hay mucho más –dijo ella, sonriendo también.

Habían llegado a la puerta. Se miraron, y Mariah inspiró profundamente.

–Bueno, vamos allá –dijo antes de apretar el timbre.

–Va a ser un día muuuy largo –mascculló Jaron.

Fue su hermano Lane quien les abrió, y pareció sorprenderse de verlos llegar juntos.

–Jaron, Mariah… Me alegro de veros –dijo. Y Jaron lo vio lanzar una mirada furtiva a los vehículos aparcados–. Pasad. Las chicas están en la cocina, y los demás estamos cuidando de los niños en la sala de juegos.

–Yo iré a ver si necesitan que les eche una mano con la comida –dijo Mariah, y se fue por el pasillo.

Mientras se alejaba, Jaron no pudo evitar quedarse

mirando el sensual contoneo de sus caderas con esos vaqueros que le sentaban tan bien.

–Vamos, Jaron –lo llamó Lane–. Te hemos guardado una cerveza, y hay un par de cosas que tienes que explicarnos –añadió con una sonrisa maliciosa.

Jaron lo siguió, y cuando entraron en la sala de juegos vio a T.J. andando a gatas alrededor de la mesa de billar con uno de los niño montado sobre su espalda. Parecía que los pequeños se estaban turnando para que los llevara a caballo. El resto de sus hermanos estaban de pie tras la barra del bar, observando el juego.

Lane se acercó a por un botellín de cerveza, lo abrió y se lo tendió a Jaron.

–Chicos, creo que Jaron tiene algo que decirnos.

–¿Ha ocurrido algo? –inquirió Nate irguiéndose.

Nate y Sam eran los únicos del clan que eran hermanos carnales, pero gracias a Hank, su padre de acogida, los seis estaban tan unidos como si la misma sangre corriera por sus venas, y Jaron sabía que podía contar con ellos para lo que fuera, igual que él haría lo que fuera por ellos.

Tomó un trago de cerveza y sacudió la cabeza.

–Nada, que yo sepa.

–Entonces… ¿por qué habéis llegado Mariah y tú juntos? –preguntó Lane, enarcando una ceja.

–Deberías contárselo, Jaron –le dijo Ryder con una sonrisa–. Sabes que no te dejarán en paz hasta que lo hagas.

Sam miró a Ryder con curiosidad.

–¿Qué sabes tú que los demás no sabemos?

Ryder sacudió la cabeza.

–No es asunto mío; es él quien debe contarlo.

–Está bien, Jaron, pues desembucha –dijo Sam–. ¿Qué hay entre Mariah y tú? Aparte de que lleváis años revoloteando el uno alrededor del otro, como dos pájaros en el ritual de cortejo.

Jaron les explicó lo que había pasado hacía tres semanas en el Broken Spoke y que después se había enterado de que Mariah había perdido su empleo y que la había dejado tirada su compañera de piso.

–Yo necesitaba a alguien que me cocinara y que hiciera las tareas de la casa, y ella necesitaba un trabajo, así que lo hablamos y ella aceptó. Fin de la historia.

–¿Y cómo se las está apañando? –le preguntó Sam–, porque, por lo que me ha contado Bria, por lo menos en lo que se refiere a la cocina es un desastre –añadió riéndose.

Jaron no puedo evitar sonreír.

–Sí, bueno, ya lo descubrí hace unos días, cuando prendió fuego a la cocina a primera hora de la mañana cuando intentaba hacer el desayuno.

Cuando todos dejaron de reírse, Nate le preguntó:

–¿Y vas a dejar que siga cocinándote? Porque a menos que quieras perder peso, me parece a mí que vas a pasar mucha hambre.

Jaron sacudió la cabeza.

–Le he dado otro trabajo; ahora es mi administradora. Y la primera tarea que le encomendé fue que contratara a alguien que supiera cocinar.

–¿Tu administradora? –repitió Nate frunciendo el ceño–. Pero si hasta ahora te has ocupado del rancho tú solo… ¿Para qué necesitas…? –no terminó la frase, se rio y se sacó del bolsillo un billete que plantó sobre la barra del bar–. Veinte pavos a que antes de que acabe el verano estarás con ella frente al altar.

–Será antes de eso –dijo T.J., levantándose del suelo. Fue hasta el bar y plantó otro billete de veinte sobre el de Nate–. Yo digo que a finales de mayo ya estarán casados.

–Os equivocáis los dos –intervino Ryder–. Estarán casados a finales del mes que viene –auguró, plantando otro billete encima del de los otros.

–Pues yo apuesto por el otoño –opinó Lane, añadiendo su billete al montón.

–Bueno, pues yo me quedo con las Navidades –dijo Sam, poniendo un billete también.

Molesto, Jaron sacudió la cabeza y apuró lo que quedaba en su botellín.

–Vais a perder lo que habéis apostado, porque eso no va a pasar.

Ryder apuró también su cerveza y le dio una palmada en el hombro a Jaron.

–Por si lo has olvidado, todos dijimos lo mismo cuando éramos nosotros los que estábamos luchando contra lo inevitable –le recordó riéndose–. Hazte a la idea, hermano. Estás a un paso de unirte a nosotros en el club de los felizmente «cazados».

–¿Te dio una coz en la cabeza un toro en tu último rodeo? –le preguntó Jaron.

Antes de retirarse a los treinta y cinco Ryder también había competido en muchos rodeos, y Jaron podía decir sin dudarlo que era el más valiente de todos los competidores que había conocido, pero se equivocaba como los demás al predecir su futuro.

–Caballeros, siento interrumpir su animada conversación, pero la cena está lista –anunció Taylor, la mujer de Lane, asomándose a la puerta.

Mientras sus hermanos y él se dirigían al comedor y ocupaban sus asientos, Jaron intentó apartar de su mente las especulaciones y la apuesta que habían hecho. Nada lo haría más feliz que poder sentirse libre para casarse y formar una familia como habían hecho ellos, pero esa nunca sería su vida, y no tenía sentido lamentarse por algo que sabía que jamás podría tener.

¿Qué pasaría si se lo contara todo a Mariah? Tal vez ella no creyese que pudiera haber heredado la vena psicópata de su padre y que estuviera latente en él. Y tal vez no fuera así, pero no estaba dispuesto a correr riesgos. Jamás se casaría con el temor de que algún día pudiera llegar a hacer pasar a su mujer y a sus hijos al infierno por el que su madre y él habían pasado.

Sentada a la mesa con Bria a un lado y Jaron al otro, Mariah esperó a que su hermana estuviera ocupada atendiendo a su hijo para deslizar la mano por debajo del mantel y posarla en el muslo de Jaron. Él, salvo por un ligero carraspeo, se mantuvo completamente estoico mientras cubría su mano con la suya.

–¿Te encuentras mejor, Bria? –le preguntó Lane a su hermana.

–Sí, ahora que ya sé lo que me pasaba, me encuentro mucho mejor –dijo Bria con una sonrisa, y miró a su marido antes de anunciar–: Sam y yo vamos a tener otro bebé en otoño.

–¡Eso es maravilloso! –exclamó Summer, que estaba sentada frente a ella. Sonrió a su marido, Ryder, y dijo a Bria–. Podríamos ir juntas a las revisiones del médico.

–Parece que la familia está atravesando un *baby boom* –observó Nate, rodeando con el brazo a su mujer, Jessie, que estaba embarazadísima–. El mes que viene Jess sale de cuentas, Heather y T.J. esperan a su bebé para este verano, y vosotros a los vuestros en otoño.

Jaron le apretó suavemente la mano a Mariah.

–Seguro que serán niños –dijo.

Mariah sonrió y, como se esperaba de ella, sacudió la cabeza y respondió:

–De eso nada; serán niñas.

En realidad le daba igual, y ahora sabía que a Jaron también, pero le había seguido la corriente porque, estando como estaban los demás acostumbrados a oírles discutir cada vez por ese motivo, si esa vez no lo hicieran, sospecharían que entre ellos había algo más que una mera relación laboral.

–Ya están otra vez –dijo T.J. riéndose–. ¿Cómo podéis trabajar juntos cuando no sois capaces de poneros de acuerdo en casi nada?

–Bueno, es que yo trabajo en la casa y Jaron está fuera casi todo el día –respondió Mariah, pensando con rapidez.

Jaron se encogió de hombros.

–Siempre me ha gustado más al trabajo al aire libre.

–A mí me pasa igual –dijo Ryder–. Si tuviera que pasarme todo el día encerrado en casa, creo que acabaría subiéndome por las paredes.

Los otros hermanos asintieron, y Mariah se relajó cuando dejaron el tema y se pusieron a hablar de la época de cría y de los planes que cada uno tenía para mejorar su rancho.

Cuando terminaron con el segundo plato y se levantó para ayudar a su hermana y a las demás a recoger la mesa antes de que trajeran la tarta de cumpleaños, no pudo evitar sentir cierta envidia de todas aquellas parejas felices. Tenían todo lo que ella siempre había soñado: su propia familia y un hogar acogedor.

Ella tenía la esperanza de que ese fuera su futuro con Jaron, y no tenía la menor duda de que podría serlo si él consiguiese dejar atrás el pasado, pero… ¿y si no lo consiguiese?

–Bueno, y ahora en serio: ¿cómo van las cosas entre Jaron y tú? –le preguntó Bria cuando entraron en la cocina con las demás.

–Bien –se limitó a contestar ella, dejando una fuente sobre la encimera–. Él trabaja fuera y yo…

–Eso ya lo he oído en la mesa –la interrumpió su hermana–. Y también me he dado cuenta de que estabais haciendo manitas por debajo del mantel.

–No es verdad; Jaron y yo somos… –Mariah se quedó callada al darse cuenta de que la verdad era que no sabían qué eran exactamente. No eran pareja, pero tampoco podía decirse que fueran solo amigos.

–Mira, no es que yo sea una experta en asuntos del corazón –intervino Taylor, que había terminado de enjuagar los platos en el fregadero–, pero es evidente que Jaron ya no te ve como a una chiquilla. De un tiempo a esta parte te mira como si para él fueses el sol, la luna y las estrellas.

Summer, que estaba recubriendo con papel de aluminio una fuente de pollo frito, asintió y dijo:

–Ese hombre está loco por ti, Mariah.

–Salta a la vista –intervino Jessie, cerrando la nevera, donde acababa de meter el bol de la ensalada de col–; no te quita los ojos de encima.

Mariah sacudió la cabeza.

–Sé que siente algo por mí, pero yo no sé si lo llamaría amor.

–Pues yo sí lo haría –dijo Heather, que estaba sirviendo helado para todos en copas de postre–. Te mira igual que nos miran a nosotras nuestros maridos.

Bria la rodeó con un brazo y le dijo:

–Y tú llevas enamorada de él desde el día en que os conocisteis.

–Entonces… ¿para cuándo la boda? –la picó Taylor, con una sonrisa traviesa.

Mariah sacudió la cabeza.

–No sé yo si habrá boda.

–¿Por qué no? –inquirió Bria.

–No sé, es que presiento que hay algo que le ocurrió en el pasado, algo que hace que reprima sus sentimientos.

–¿Y no quiere hablarte de ello porque cree que no lo entenderás? –adivinó Summer.

–¿Cómo lo sabes? –inquirió ella sorprendida.

–Yo tuve el mismo problema con Ryder.

–Y yo con Sam –intervino Bria–. A Sam le costó muchísimo abrirse y contarme por qué se había metido en problemas con la ley en su adolescencia. Aquello casi dio al traste con nuestro matrimonio.

–Yo diría que todos eran reacios a hablarnos de los motivos por los que los enviaron al rancho Last Chance –añadió Jessie–. Nunca había visto a Nate tan nervioso como el día que me contó lo que le había pasado.

–Pues no sé vuestros maridos –dijo Heather mientras colocaba las copas de helado en una bandeja–, pero el mío pensaba que sentiría rechazo hacia él por su pasado.

–Es una cuestión de confianza –observó Summer–. Todos han tenido que superar ese miedo a ser rechazados y confesarnos lo que más los avergüenza de sí mismos.

–Y eso no es fácil para ningún hombre –apuntó Taylor, asintiendo con la cabeza.

–Pero yo sé que Jaron es un buen hombre –dijo Mariah–. No me importa qué fuera lo que ocurrió cuando era un niño; eso no hará que cambie mi opinión sobre él.

–Ya, pero él cree que sí, y no quiere decepcionarte –le explicó Heather, levantando la bandeja.

–Dale tiempo, Mariah –le aconsejó Bria, y le dio un abrazo–. Cuando Jaron se sienta preparado dará el salto de fe y te contará todo lo que ha estado guardándose.

Ojalá tuvieran razón, pensó Mariah mientras volvían al comedor. Fueran cuales fueran los secretos que mantenían a Jaron atado al pasado, quería hacer lo que estuviera en su mano para ayudarle a dejarlo atrás.

Por desgracia, los temores de Mariah de que tal vez Jaron nunca llegara a abrirse a ella no hacían sino aumentar a cada día que pasaba. Había hecho un pequeño progreso hablándole de su madre, pero tenía la impresión de que era su padre quien había tenido un papel clave en lo que le hubiera hecho tanto daño.

–Casi me dio un infarto cuando me pusiste la mano en la pierna durante la cena –le dijo Jaron cuando entraron en su dormitorio y encendió la luz.

Mariah se giró hacia él, le echó los brazos al cuello y lo besó en la barbilla.

–Es que estabas tan guapo que no pude resistirme –le confesó con una sonrisa.

Él se rio.

–¿Ah, sí?

Ella asintió y lo besó en el cuello.

–Sí. Y lo único en lo que podía pensar era en lo sexy que eres, y en que me moría por que me besaras y me tocaras.

–Es lo que pienso hacer tan pronto como te haya quitado esa ropa –murmuró Jaron, sacándole los bajos de la blusa de la cinturilla del pantalón. Se inclinó hacia ella y le susurró al oído–: Y quiero que tú me toques también.

–Cuenta con ello, vaquero –respondió ella, empezando a desvestirlo también.

Se quitaron la ropa en un abrir y cerrar de ojos, y Mariah se estremeció de placer cuando Jaron la atrajo hacia sí y quedó apretada contra su cuerpo desnudo.

Sus labios se posaron sobre los de ella, y el fuego en los ojos de Jaron hizo que el corazón le palpitase más deprisa y, jadeante, alzó la vista hacia él y le dijo:

–Te necesito, Jaron.

Él, que estaba besándola en el cuello, se detuvo solo un momento para recordarle:

–Creía que querías que te tocara.

Mariah sacudió la cabeza. De repente le costaba articular las palabras.

–Por favor… si no… si no me haces el amor ahora mismo… me moriré. Me siento como si estuviera ardiendo por dentro.

–La verdad es que yo tampoco puedo esperar –murmuró él, y la sorprendió, levantándola del suelo y penetrándola de una vez.

Le rodeó los anchos hombros con los brazos, la caderas con las piernas, y suspiró de pura satisfacción, apoyando la frente en su hombro.

–Me encanta la sensación de tenerte dentro de mí… –murmuró

–Perdona, pretendía ir… despacio –se disculpó él. Su voz sonaba como si estuviese intentando contenerse–. Pero es que yo tampoco podía esperar…

Mariah cerró los ojos, deleitándose en la maravillosa sensación de plenitud que experimentaba cada vez que se fundían en uno.

–Ya iremos más despacio luego, cuando volvamos a hacerlo –respondió, abriendo.

Jaron la llevó hasta la cama y se sentó en el borde, con ella a horcajadas encima de él. Le encantaba aquella postura, pensó cuando comenzó a moverse encima de él, gimiendo y suspirando de placer. Le encantaba poder verle la cara a Jaron mientras se acariciaban y se besaban con pasión.

Cuando sintió que estaba a punto de llegar al clímax, se aferró a sus hombros para abandonarse por completo al deseo que la embargaba. Su orgasmo debió desencadenar el de él, porque justo en ese momento Jaron se arqueó, hundiéndose en ella por completo una última vez, y se estremeció.

Estaban abrazados el uno al otro mientras recobraban el aliento y volvían a la realidad, cuando de repente notó que Jaron se quedó muy quieto.

–¡Mierda! ¡No me lo puedo creer! –exclamó.

–¿Qué pasa? –inquirió ella, alarmada.

–Lo siento tantísimo, Mariah... –dijo él abrazándola.

–¿Por qué diablos estás disculpándote? –Mariah se echó hacia atrás y tomó su rostro en las manos para obligarlo a mirarla–. Lo que acabamos de compartir ha sido maravilloso.

Él sacudió la cabeza y la levantó de su regazo para sentarla en la cama, junto a él.

–Estaba tan ansioso por volver a hacerte mía que se me olvidó ponerme el preservativo.

Cuando Mariah cayó en la cuenta de lo que le estaba diciendo, se llevó una mano al vientre.

–Yo… dudo que… en fin, quiero decir que no creo que vaya a quedarme embarazada –balbució.

Extrañamente, la idea no la inquietó. ¿Qué le estaba pasando? Lo último que necesitaba era un embarazo no planeado, y más con un hombre que tal nunca fuera capaz de comprometerse.

–Jamás se me había olvidado ponerme el preservativo –dijo Jaron.

–Jaron, no es el fin del mundo. Tendré que hacer unos cálculos, pero me parece que no estoy en los días fértiles del mes, así que no creo que vaya a quedarme embarazada –le dijo ella, intentando recordar cuándo había tenido la última regla.

En ese momento Jaron se volvió, dándole la espalda, y pudo ver por primera vez las terribles cicatrices que había palpado días atrás. Se le cortó el aliento de espanto.

Los ojos se le llenaron de lágrimas. Posó suavemente la mano en su espalda. Él se quedó muy quieto antes de dar un respingo y apartarse de ella.

–Jaron, no… –le pidió Mariah, agarrándolo del brazo.

Cuando se volvió hacia ella, le puso las manos en el pecho y lo miró a los ojos mientras las lágrimas rodaban por sus mejillas. Jaron gruñó, la atrajo hacia sí y se quedaron abrazados el uno al otro durante un buen rato.

–Te doy mi palabra de que estaré a tu lado si te quedas embarazada –le dijo él finalmente, rompiendo el silencio.

Era evidente que no quería hablar de las cicatrices

de su espalda, ni de cómo se las había hecho, pero a Mariah no le importaba. La verdad era que en ese momento no se le ocurría nada que pudiera decirle sin que pareciese que sentía lástima por él. Ella tampoco querría que mostrasen lástima por ella.

–Ni por un momento se me ha pasado por la cabeza que fueras a desentenderte si eso ocurriera –dijo sacudiendo la cabeza.

Jaron se quedó callado un momento.

–Mañana tengo que levantarme temprano y necesito dormir un poco.

Sin embargo, una media hora después, mientras yacía en los brazos de Jaron, Mariah no conseguía dejar de pensar. No podía soportar la idea de lo que debía haber pasado Jaron en su niñez, el dolor físico y emocional que debía haber sufrido. Porque, aunque las marcas que habían quedado en su cuerpo eran terribles, no eran nada comparadas con las que llevaba en el alma, las que no eran visibles.

El corazón le dio un vuelco al pensar en la posibilidad de que Jaron la hubiese dejado embarazada. Le había dicho que era poco probable, pero cuanto más lo pensaba, más cuenta se daba de que sí era probable. De hecho, estaba justo en mitad del ciclo menstrual y por tanto en el momento más fértil del mes.

Eso debería haberle provocado pánico, pero como había sucedido cuando él le había dicho que se había olvidado del preservativo, no perdió la calma.

# *Capítulo Ocho*

Unos días después Jaron estaba en el establo, sudoroso y brazos en jarras, esperando a que el ternero al que acababa de ayudar a nacer se pusiera en pie. Por suerte ya no quedaban muchas vacas por parir, y como la mayoría no eran madres primerizas, no tendrían que estar tan pendientes de ellas.

No pudo evitar acordarse de lo que había ocurrido unas noches atrás y, como cada vez que pensaba en ello, tuvo que inspirar profundamente para aplacar la ansiedad que lo invadió. ¿Y si había dejado embarazada a Mariah? Todavía no podía creer que hubiese estado tan abstraído por el deseo como para olvidarse del preservativo. Jamás le había pasado. ¿Qué tenía Mariah que le hacía perder la cabeza de ese modo?

Tragó saliva y pensó en la posibilidad de tener un hijo con ella. Si las cosas fueran distintas, nada le gustaría más que formar una familia con ella. Pero nunca se había permitido acariciar la idea de ser padre.

Por supuesto, si Mariah se hubiese quedado embarazada, haría lo correcto y se casaría con ella, pero no conseguía sacudirse el miedo a que un día resultase ser como su padre.

Atrapado en esos pensamientos turbulentos, agradeció que el tono de su móvil los interrumpiera.

–¿Diga?

–¿Hablo con Jaron Lambert? –contestó la voz de un desconocido al otro lado de la línea.

–Sí, soy yo. ¿Quién llama?

–Soy el reverendo John Perkins, el capellán de la prisión de Galveston, en Texas.

Jaron sintió como si los dedos de una mano helada le estrujasen el corazón. Solo conocía a una persona que estuviese cumpliendo condena: su padre.

–Lo llamo para comunicarle de que su padre ha sido ingresado –continuó diciendo el reverendo–. El médico le ha dicho que solo le quedan unos días de vida –añadió en un tono compasivo–, y me ha pedido que me pusiera en contacto con usted. Quiere verle; hay algo que necesita decirle antes de morir.

Jaron no podía dar crédito a lo que estaba oyendo.

–Me temo que ha malgastado usted su tiempo, reverendo. No me interesa nada de lo que tenga que decir –le respondió con aspereza.

–Entiendo cómo debe sentirse, señor Lambert –le dijo el sacerdote calmadamente–. Simon me ha relatado en confesión algunos detalles inquietantes de su relación contigo, y me ha dicho que no te trató todo lo bien que debería.

–Eso es decir poco –gruñó Jaron y, con la sangre hirviéndole en las venas, añadió–: Vivir con Simon Collier era un infierno en vida, y lo último que me apetece es que me lo recuerden.

–Estoy seguro de que siente mucha ira hacia él, pero por favor, reconsidérelo, hijo –le pidió el reverendo Perkins–. Podría ser su última ocasión para ver a su padre y reconciliarse con él. Me pidió que le hiciera hincapié en que lo que tiene que decirle es muy importante, que es algo que usted querrá saber y que cree que necesita oír.

El hombre no iba a darse por rendido, y Jaron no tenía ganas de explicarle las muchas razones por las que pensaba ignorar la súplica de su padre.

–No puedo prometerle nada, pero lo pensaré –claudicó finalmente, con la esperanza de que se diera por satisfecho y lo dejara tranquilo.

Jaron guardó el móvil en el bolsillo y se masajeó la nuca. Era posible que hubiese dejado embarazada a Mariah, y ahora tenía un rancho del que ocuparse; lo último que necesitaba era aquello, la súplica de su padre moribundo de que fuera a verlo.

El ternero ya se había puesto en pie, y su madre estaba limpiándolo con la lengua. Jaron salió del pesebre y, cuando ya estaba abandonando el establo, se cruzó con dos de sus hombres.

–Chicos, yo lo dejo ya por hoy –le dijo–. Si me necesitáis, llamadme.

–Hasta mañana, jefe –respondieron.

Mientras se dirigía a la casa, Jaron intentó concentrarse en que iba a pasar la noche con la mujer más sexy del mundo. Como solía decir su padre de acogida, a veces un hombre tenía que olvidar el pasado, dejar de pensar en el futuro y concentrarse en el presente. Y eso era lo que iba a hacer. Por lo menos esa noche.

***

Después de cenar, Mariah se acurrucó con Jaron en el sofá del salón. Le había dado una sorpresa cuando había vuelto pronto a casa y la había invitado a unirse a él en la ducha. Naturalmente una cosa había llevado a la otra, y habían acabado haciendo el amor, con lo que se le había olvidado decirle que lo habían llamado por teléfono.

–Como me has hecho dejar lo que estaba haciendo cuando has llegado, me has distraído y se me había olvidado por completo algo que tenía que decirte –le comentó, apoyando la cabeza en su hombro.

Jaron sonrió y la besó en la frente antes de alargar el brazo para alcanzar el mando de la televisión.

–Pues yo diría que no te ha molestado demasiado que te distrajera –apuntó.

–No me estoy quejando –le aseguró ella, deslizando la mano dentro de su camisa abierta para acariciar su cálida piel.

–Como sigas haciendo eso, acabaré distrayéndote otra vez y no me dirás eso que me tienes que decir –le advirtió él con una sonrisa pícara.

–Poco antes de que llegaras llamaron preguntando por ti –le dijo ella, apartando la mano de su pecho.

–¿Y quién era? –inquirió él mientras cambiaba de canal.

–Dijo que era el reverendo Perkins, y que llamaba de la prisión de Galveston –respondió Mariah, y de inmediato lo notó tensarse.

–¿Y qué quería? –preguntó Jaron en un tono seco.

–Quería hablar contigo. Me dijo que se trataba de algo muy importante y que…

–¿Eso es lo único que tenía que decir? –la interrumpió Jaron sin girar la cabeza hacia ella.

Tenía la mirada fija en la pantalla de televisión.

–Me dijo... me dijo que tu padre se está muriendo –murmuró Mariah.

Jaron arrojó el mando sobre la mesita y se levantara del sofá.

–No tenía ningún derecho a decirte eso.

–En realidad yo le dije que no estabas, y le pregunté cuál era el motivo de su llamada –reconoció ella, levantándose también.

Jaron se giró y clavó en ella sus ojos azules.

–¿Por qué?

–Bueno, es que... como dijo que era importante, le pregunté si quería dejarte algún recado –se defendió ella–. Fue entonces cuando me dijo lo de tu padre, y le sugerí que te llamara al móvil.

–No vuelvas a llamarlo así; ese bastardo que está entre rejas no es mi padre –casi rugió Jaron, fuera de sí–. Aunque sea mi padre biológico, nunca se comportó como un padre ni merece ese nombre.

–Jaron... –musitó Mariah–. ¿Fue él quien te hizo esas cicatrices en la espalda? –no hizo falta que contestara; cuando su rostro se ensombreció, supo cuál era la respuesta a su pregunta–. Antes o después tendrás que enfrentarte a tus sentimientos y dejar atrás el pasado, o acabará destruyéndote... nos destruirá.

–Basta ya, Mariah –la advirtió él mientras salía del salón.

–¿Por qué no quieres hablar de ello? –le preguntó ella, yendo tras él–. ¿Por qué no dejas que te ayude?

–Porque no es asunto tuyo –le espetó sin detenerse.

Sus palabras se le clavaron en el alma, como un afilado cuchillo, pero no se dio por vencida.

–Jaron, no me hagas esto; háblame. Estoy segura de que no es nada que no podamos superar juntos.

Habían llegado a la puerta trasera. Jaron tomó la chaqueta del perchero que colgaba de la pared.

–Déjalo estar –le dijo sin darse la vuelta–. Hay cosas que no necesitas saber, cosas que te aseguro que no quieres saber sobre mí.

–¿Adónde vas?

–Al establo –respondió mientras se ponía la chaqueta.

–Por favor, quédate y hablemos –le suplicó ella.

–Por más que lo hablemos no va a cambiar nada –replicó él, aún sin volverse, y agarró su sombrero y se lo puso también.

Mariah, comprendiendo que habían llegado a un punto muerto, le advirtió:

–Jaron, si sales por esa puerta, no estaré aquí cuando regreses –los ojos se le llenaron de lágrimas, pero parpadeó para contenerlas.

No iba a dejar que viese hasta qué punto le dolía que se negase a confiar en ella. Cuando Jaron se volvió, con la mano en el pomo, su apuesto rostro estaba desprovisto de emoción. Se quedó mirándola un buen rato antes de contestar.

–Espera hasta mañana –le dijo–. No es seguro conducir de noche por la carretera que va al rancho de tu hermana.

Mariah sintió como si el corazón se le rompiese en mil pedazos mientras lo veía salir y cerrar detrás de sí. La desbordaba una frustración tan grande que no pudo ya contener las lágrimas.

Apenas le dejaban ver los escalones mientras subía a su dormitorio. Se dejó caer en la cama, llorando con amargura y tratando de decidir qué debería hacer. No le habría dado aquel ultimátum a Jaron si no se hubiese sentido tan dolida cuando le había dicho que sus problemas no eran asunto suyo. Lo amaba, siempre lo había amado, y estaba destrozándola por dentro que no le dejase ayudarlo. Sin embargo, su respuesta había sido muy clara.

Con el corazón encogido, se levantó, fue al vestidor, y empezó a guardar ropa en una bolsa de viaje. Le daba igual que Jaron le hubiera dicho que esperara hasta que fuera de día para marcharse, se dijo cerrando la cremallera de la bolsa. No iba a quedarse allí cuando era evidente que él no quería que se quedase.

Se colgó el bolso, agarró la bolsa y miró a su alrededor. Ya volvería dentro de unos días a por el resto de sus cosas, cuando estuviese más calmada.

De camino al rancho de su hermana y Sam, supo que lo suyo con Jaron había teminado.

Hasta ese momento se había aferrado a la esperanza de que un día le hablase de su pasado, y que ella pudiera demostrarle que no le importaba lo que hubiera hecho, que para ella lo que contaba era el presente, el hombre en el que se había convertido, porque lo amaba. Pero ahora comprendía que eso jamás iba a pasar.

De pronto se le ocurrió que tal vez lo que estaba

tratando de ocultarle no fuera algo que hubiera hecho. Por el modo en que había reaccionado cuando le había dicho que había llamado el capellán de la prisión, bien pudiera ser que se tratara de algo que había hecho su padre.

Cuando llegó a Sugar Creek, el rancho de su hermana y su cuñado, aparcó y subió hasta la casa, pero, antes de que pudiera llamar a la puerta, esta se abrió y apareció Bria, que la envolvió de inmediato en un abrazo.

–¿Estás bien?

Mariah sacudió la cabeza y de nuevo las lágrimas comenzaron a rodar por sus mejillas.

–¿Có-cómo… te has enterado? –le preguntó cuando hubieron entrado.

–Jaron llamó a Sam para decirnos que habíais tenido una discusión, y que al volver a la casa se había encontrado con que te habías ido. Le dijo que imaginaba que estabas de camino aquí, y le pidió que, cuando llegaras, lo llamáramos para que supiera que habías llegado bien –le explicó su hermana–. ¿Qué ha pasado?

–La verdad es que no tengo ganas de hablar de eso ahora mismo –le respondió Mariah, que se sentía sin fuerzas para nada–. ¿Podríamos hablarlo mañana?

–Claro –asintió Bria, conduciéndola hacia las escaleras.

Unos minutos después Mariah estaba metiéndose en la cama. Se acurrucó sobre el costado y, en un intento por aliviar la angustia que la atenazaba, apretó un almohadón contra su pecho. Le dolía que Jaron no confiara en ella, que no confiara en que, con el amor que sentía por él, podía ignorar su pasado y ayudarlo a dejarlo atrás de una vez por todas.

Hacía solo unas horas Jaron le había hecho el amor, y con tal ternura que por un instante había tenido la sensación de que sus almas se habían fundido en una sola. Ahora estaban separados por varios kilómetros de distancia, y lo más frustrante de todo era que no entendía por qué.

Jaron se miró en el espejo del baño. Tenía mala cara y se sentía fatal. Habían pasado un par de días desde la marcha de Mariah, y aunque desde el principio había sabido que llegaría un día en que se iría, no había pensado que sería tan pronto, ni que su marcha lo haría sentirse como si se estuviese muriendo por dentro.

Todo el sufrimiento que su padre le había infligido de niño no era nada comparado con el espantoso dolor que se le había instalado en el pecho desde el momento en que se había encontrado con que Mariah se había ido.

Cuando le sonó el móvil miró la pantalla, gruñó y sacudió la cabeza. No estaba de humor para hablar con ninguno de sus hermanos, aunque su intención fuera buena, y especialmente con Lane. Le daba igual que fuera psicólogo. Estaba seguro de que Lane intentaría sonsacarle y llegar al fondo del asunto, pero nada de lo que pudiera decirle cambiaría las cosas, así que dejó que saltase el buzón de voz y salió del baño.

Sin embargo, mientras se ponía la ropa, no pudo evitar pensar otra vez en la discusión que había tenido con Mariah. Ella le había dicho que estaba dejando que el pasado lo destruyera. ¿Al no compartir sus sentimientos con Mariah, estaba dejando que aquel bastardo siguiera influyendo en él? Habían pasado ya veinte años de todo aquello.

Aparte de haber tenido la suerte de recalar en el rancho Last Chance y de haber ganado cinco hermanos a los que quería y con los que sabía que siempre podría contar, lo único bueno que le había pasado en su miserable vida había sido conocer a Mariah. ¿Iba a permitir que el bastardo de su padre destruyese lo que había entre ellos?

De niño había logrado poner fin a las palizas de su padre denunciándolo a la policía. ¿Podría poner fin también definitivamente al trauma que lo atormentaba aún yendo a verle y plantándole cara?

Lo último que quería era volver a ver al monstruo que había arruinado su vida, pero si había la más mínima posibilidad de salvar lo que quedara de ella enfrentándose a él, lo haría.

Seis horas después, cuando salía de la prisión de Galveston, Jaron alzó la vista hacia el cielo y sintió como si se hubiese quitado un peso enorme de los hombros. Había temido volver a ver a su padre, y de camino allí más de una vez había estado a punto de dar media vuelta y regresar a casa. Pero cuando entró en el ala del hospital y lo vio tendido en una cama, frágil y casi inerte, supo que había tomado la decisión correcta. Dejando a un lado los horribles crímenes que había cometido, no concederle su último deseo cuando estaba en su lecho de muerte habría sido cruel, y así había podido demostrarle que era mejor que él.

Sin embargo, pensó mientras cruzaba el aparcamiento para llegar a su camioneta, nunca hubiera imaginado que la confesión de aquel hombre moribundo lo liberaría y haría que se sintiera capaz de construir un futuro junto a la mujer que amaba. Nunca lo había visto tan claro como entonces: sí, la amaba.

Durante años había intentado convencerse de que era demasiado mayor para ella, o de que no era el tipo de hombre que necesitaba. Incluso había llegado a decirse que no creía en el amor. Pero la verdad era que Mariah lo había fascinado desde el día en que se habían conocido, y la necesitaba tanto como el aire.

El problema era que resolver las cosas con ella no iba a ser tan fácil. Temía haber causado un daño irreparable. Pero si tenía que ponerse de rodillas para suplicar su perdón, lo haría.

Se subió a la camioneta y miró el reloj. Había un trayecto de casi cinco horas a Sugar Creek, y tenía que hacer una parada en Waco de camino allí, así que para cuando llegara ya habría anochecido. Lo mejor sería esperar a la mañana siguiente para ver a Mariah, decidió con un suspiro. Esa iba a ser la noche más larga de su vida, pero quería hacer las cosas bien.

***

Sentada en la ventana del dormitorio que siempre ocupaba cuando se quedaba a dormir en casa de su hermana, Mariah cerró los ojos mientras esperaba a ver el resultado de la prueba de embarazo en la varilla que tenía en la mano.

Incapaz de esperar más, abrió un ojo para echarle un vistazo a la minúscula pantalla. Luego abrió el otro, y se quedó mirándola con incredulidad. No solo ponía la palabra «embarazada», sino que además indicaba el número estimado de semanas.

–Bueno, esto explica muchas cosas –murmuró, poniéndose la mano en el vientre.

Se había despertado con náuseas la mañana después de abandonar el rancho de Jaron.

¿Qué iba a hacer ahora? No solo estaba en paro, sin hogar y embarazada, sino que además no se hablaba con el padre de su bebé. Los ojos se le llenaron de lágrimas al pensar en Jaron.

De pronto llamaron a la puerta y se oyó la voz de su hermana.

–Mariah, ¿puedo entrar?

Ella se apresuró a enjugarse las lágrimas y a esconder la varilla en el bolsillo de los vaqueros.

–Pasa.

Su hermana entró y se sentó a su lado.

–¿Cómo te encuentras?

Mariah encogió un hombro.

–Más o menos igual. Desilusionada, desesperanzada, triste…

–No me refiero a cómo estás de ánimo. Te lo pregunto por lo de las náuseas.

Mariah la miró anonadada.

–¿Cómo sabes eso?

Con una sonrisa en los labios, Bria le pasó un brazo por los hombros y le dijo:

–Reconozco los síntomas. Lo sospeché ayer por la mañana, cuando saliste corriendo de la cocina nada más oler el beicon que estaba friendo la cocinera. Y cuando volvió a pasar esta mañana, supe que no me equivocaba.

–Y tú que estás embarazada, ¿cómo soportas el olor cada mañana? –le preguntó Mariah–. Yo, en cuanto entré en la cocina con ese olor creí que me iba a morir.

–Supongo que lo que nos da náuseas varía de una mujer a otra –contestó su hermana riéndose–. En mi caso es el café. El pobre Sam tiene que irse a la barraca con sus hombres para poder tomarse su taza de café por las mañanas –las dos se quedaron calladas un momento antes de que le preguntara–: ¿Cuándo vas a decírselo a Jaron?

–No lo sé –Mariah sacó la varilla de su bolsillo y se la mostró a su hermana–. Dice que estoy de una o dos semanas. Supongo que se lo diré cuando vaya a su casa a recoger el resto de mis cosas la semana que viene.

Para su sorpresa, Bria se rio suavemente y le dijo:

–No creo que vaya a pasar tanto tiempo.

–¿A qué te refieres?

–Pues a que sé que Jaron te quiere, y dudo que vaya a esperar a que vuelvas al rancho para hablar las cosas contigo –respondió Bria–. Seguro que vendrá por aquí hoy mismo. ¿Te acuerdas cuando Sam vino tras de mí cuando estábamos teniendo problemas?

–Sí, pero esto es distinto –replicó Mariah–. Sam estaba dispuesto a hablar contigo para intentar solucionar las cosas, y Jaron se niega incluso a eso. Conociéndolo, lo primero que hará cuando se entere de que hay un bebé en camino, será decirme que hará lo correcto y se casará conmigo. Y eso no va a pasar. ¿Cómo voy a casarme con alguien que no es capaz de abrirse a mí?

Bria asintió.

–Lo entiendo. Dale tiempo, Mariah –le recomendó su hermana–. Sé que te quiere.

–Y yo estoy convencida de que es así –admitió ella–, pero hay veces en que con el amor no basta.

# *Capítulo Nueve*

Cuando Jaron aparcó frente a la casa de Sam y Bria, se quedó mirándola unos minutos por el parabrisas antes de inspirar profundamente y bajarse de la camioneta.

Se había pasado toda la noche dando vueltas en la cama, repasando mentalmente lo que pensaba decirle a Bria, pero nada de lo que se le había ocurrido sería suficiente para disculparse por cómo la había tratado.

Llamó al timbre y se le hizo una eternidad hasta que por fin Sam le abrió.

–Hola –lo saludó–. Imaginé que te veríamos por aquí antes o después. ¿Cómo estás?

–Supongo que como tú cuando metiste la pata aquella vez con Bria –respondió él.

Sam asintió.

–¿Dónde está Mariah? –le preguntó Jaron.

–Arriba. Su dormitorio es la primera puerta a la izquierda.

Cuando Jaron se dirigía la escalera, Sam lo detuvo.

–Espera un momento; ahora vuelvo –entró en el aseo y salió con una caja de pañuelos de papel–. Toma.

–¿Para qué quiero eso? –inquirió Jaron frunciendo el ceño.

Su hermano sonrió y le plantó la caja en las manos.

–Tú confía en mí; te vendrán bien.

Jaron contrajo el rostro.

–Odio cuando una mujer se pone a llorar, y cuando se trata de Mariah me siento como un gusano.

–Es nuestra penitencia por meter la pata –contestó Sam–. Suerte –añadió mientras Jaron subía las escaleras.

Cuando llegó a la puerta que le había indicado Sam, Jaron llamó con los nudillos. Para su sorpresa, fue Bria quien abrió la puerta.

–Me alegro de verte –le dijo, haciéndose a un lado para dejarle pasar.

Él asintió y entró. Mariah estaba sentada en el asiento de la ventana. Parecía cansada; probablemente había dormido tan poco como él. Sin embargo, era la tristeza que había en sus ojos lo que estaba desgarrándolo por dentro, el saber que era él el causante de que se sintiera infeliz. Si hubiera podido, se hubiese pegado un puntapié.

–Estoy segura de que tendréis mucho de lo que hablar –dijo Bria saliendo al pasillo–. Si necesitáis algo, estaré abajo con Sam.

Jaron apenas se percató cuando su cuñada cerró la puerta tras de sí. No podía apartar la mirada de Mariah. Se sentía tan mal por verla así…

–¿Qué quieres, Jaron? –le preguntó en un tono quedo.

–Vengo a llevarte conmigo a casa, que es donde deberías estar –respondió él, sentándose a su lado.

Mariah sacudió la cabeza.

–El rancho Wild Maverick es tu hogar; no el mío.

–Te equivocas –replicó él–. Sin ti a mi lado no es más que una casa, un caparazón vacío.

Mariah se levantó y se giró hacia él.

–Me dejaste muy claro la otra noche que no me querías allí. Si no, no me habrías dicho que me ocupara de mis asuntos.

Jaron sacudió la cabeza.

–No fue eso lo que dije. Dije que…

–¿Qué más da? –lo cortó ella–. Los dos sabemos lo que querías decir.

Estaba enfadándose. Bien. Prefería que se revolviese contra él como una leona herida a verla tan triste.

–Tienes razón –admitió–. Y lo siento.

–¿Que lo sientes? ¿Es todo lo que vas a decir? –estaba cada vez más fuera de sí–. Te pusiste furioso conmigo porque le preguntara al reverendo Perkins por qué quería hablar contigo y los dos sabemos que fuiste tremendamente injusto conmigo.

–Lo sé, sé que estuvo mal –respondió él con sinceridad–. No fue culpa tuya porque no sabías quién era y no tenía derecho a enfadarme contigo.

–Bueno al menos en eso estamos de acuerdo.

Jaron comprendió que no había un modo fácil de hablar de según qué cosas, y optó por ser directo.

–Cariño, tengo que decirte algunas cosas que creo que te ayudarán a comprender por qué me comporté de ese modo.

Ella se rodeó la cintura con los brazos y lo miró

con desconfianza. Jaron sintió una punzada en el pecho, pero sabía que era lo que se merecía por cómo se había portado con ella.

–Por favor, siéntate y escucha –le pidió.

En vez de volver a sentarse a su lado, Mariah prefirió hacerlo al borde de la cama, girada hacia él.

–Muy bien, te escucho.

Jaron inspiró profundamente.

–Diste en el clavo con lo de las cicatrices que tengo en la espalda: fue mi padre quien me las provocó. Tenía un temperamento violento, y muchas veces acababa pagando en mis carnes sus accesos de ira. Daba igual que hubiera hecho algo o no –le explicó encogiéndose de hombros–; me pegaba de todos modos. Y yo era demasiado pequeño como para defenderme.

–Es horrible –murmuró ella, con una mirada llena de compasión–. Ningún niño debería tener que soportar algo así.

Jaron sacudió la cabeza.

–No te estoy contando esto porque quiera que sientas lástima de mí, sino porque quiero que comprendas por qué me he pasado toda la vida intentando ocultárselo a los demás.

–Continúa –lo instó ella.

–Creo que te dije que había perdido a mi madre, ¿no?

Mariah asintió.

–Me contaste que solo tenías seis años cuando ocurrió, y que no sabías cómo murió.

–No exactamente. Lo que te dije fue que un día desapareció, y que entonces supe que nunca la volvería a ver. No te dije que no supiera qué le había pasado –bajó la vista a sus botas antes de levantarla de nuevo hacia ella–. Mi madre no murió por causas naturales. El bastardo con el que estaba casada la mató.

–¡Dios mío! –exclamó Mariah, llevándose una mano a la boca–. ¿Y tú lo presenciaste?

Él sacudió la cabeza.

–Nunca encontraron su cuerpo, porque nadie sabía que la había matado. Le dijo a todo el mundo, y a mí también, que nos había dejado. No descubrí lo que le había pasado hasta los trece años. Un día mi padre se enfadó conmigo, y cuando estaba pegándome me gritó que me mataría y que se desharía de mi cuerpo como había hecho con mi madre.

Horrorizada, Mariah puso unos ojos como platos. Jaron odiaba tener que hablarle de aquellas cosas tan espantosas, pero no podría pasar página hasta que lo supiese todo.

–Sabía que era solo cuestión de tiempo antes de que cumpliese sus amenazas, así que acudí a la policía y lo denuncié.

–Por eso está en prisión, ¿no? –inquirió ella con los ojos llenos de lágrimas–, porque mató a tu madre.

–Sí y no –respondió él, tendiéndole la caja de pañuelos que le había dado Sam.

Ella lo miró confundida, pero la tomó.

–¿Qué quieres decir?

Jaron exhaló un pesado suspiro.

–Al principio la policía creyó que no era más que un crío que le tenía manía a su padre, pero cuando les enseñé las cicatrices que tenía en la espalda lo detuvieron por malos tratos –le explicó sacudiendo la cabeza–. Yo les repetía una y otra vez lo de mi madre, pero se centraron en los malos tratos que yo había sufrido en vez de en lo que le había pasado a ella. Cuando lo arrestaron y lo llevaron a la comisaría de policía, me vio y se puso hecho una furia.

–¿Qué hizo?

Incapaz de soportar la expresión de espanto en su bonito rostro, Jaron posó la mirada en una foto de su hermana y de ella cuando eran niñas.

–Empezó a gritar y dijo que se arrepentía de no haberme matado como había hecho con mi madre. Por desgracia, durante la investigación no consiguieron encontrar ninguna prueba de su crimen, pero sí hallaron conexiones con los asesinatos de otras mujeres, y junto con los cargos por maltrato infantil el fiscal consiguió que lo condenaran a cadena perpetua.

–Dios mío… ¿Quieres decir que…?

Jaron terminó la frase por ella.

–Era un asesino en serie.

Lo alivió ver que, en vez de mirarlo con recelo, como lo habían mirado tantas otras personas a lo largo de su vida, Mariah se levantó de la cama, con lágrimas rodando por las mejillas, se sentó a su lado y lo rodeó con sus brazos.

–Es horrible que tuvieras que pasar por todo eso, Jaron.

Él la abrazó y le susurró:

–No llores, cariño; sobreviví.

–¿Pero por qué eras tan reacio a contarme nada de esto? –quiso saber ella.

–Cuando arrestaron a mi padre, los servicios sociales me mandaron con una familia de acogida –le explicó él–. Y no fue la única por la que pasé. Te sorprendería saber cuántas se negaban a dar techo al hijo de un asesino en serie. Y las que me abrían las puertas de su hogar, cuando se enteraban, acababan tratándome como si yo también fuera peligroso.

Ella lo miró sin comprender.

–Pero… ¿por qué?

–Supongo que temían que resultase que tenía las mismas tendencias psicópatas que mi padre –respondió él, encogiéndose de hombros.

–Entonces… ¿por eso querías ocultarme a toda costa tu pasado? –adivinó ella–, ¿porque temías que yo reaccionase como ellos?

Jaron asintió avergonzado.

–Hasta que me enviaron al rancho Last Chance nunca me sentí aceptado.

–Pero yo creía que al rancho de Hank Calvert solo enviaban a chicos que tenían problemas con la ley –apuntó ella, frunciendo el ceño.

Jaron sonrió y le confesó:

–Es que yo tenía la mala costumbre de escaparme de las familias de acogida a las que me mandaban cuando me cansaba de que me miraran como si fuera a asesinarlos mientras dormían.

–¡Qué injusto que te trataran así! –exclamó ella indignada–. Tú no tenías nada que ver con los crímenes que había cometido tu padre.

–Injusto o no, aprendí que, si quería que me trataran como a una persona normal, tenía que mantener la boca cerrada y no contarle a nadie quién era mi padre y lo que había hecho –Jaron la besó en la frente–. Tenía miedo de que, si lo supieras, tú también me mirarías con recelo, y no podía soportar la idea de que me miraras así.

–Lo entiendo, pero hasta ahora había pensado que habías sido un chico problemático, y no me importaba –le recordó ella.

Jaron asintió.

–Supongo que estaba tan condicionado por que la gente me mirara de un modo diferente al averiguar quién era, que esperaba que todo el mundo fuera igual. De hecho, hasta yo mismo empecé a temer que un día me saliera la vena cruel que tenía mi padre.

–Eso es ridículo –le dijo Mariah–. Tú no le harías daño ni a una mosca.

–Gracias por creer en mí –Jaron, que de repente se notaba un nudo en la garganta, tragó saliva–. Pero después de cómo te hablé la otra noche, no lo merezco.

–Estabas enfadado –contestó ella, encogiendo un hombro.

Jaron sacudió la cabeza.

–No hay nada que excuse el comportamiento que tuve contigo.

Se quedaron callados unos minutos antes de que Mariah le preguntara:

–¿Fuiste a ver a tu padre?

–Fui a ver a Simon Collier… mi padrastro –la corrigió él.

Mariah frunció el ceño.

–¿Cómo?

–La razón por la que insistió en que quería verme antes de morir era porque quería limpiar su conciencia. Me pidió perdón por las palizas que me dio, y me dijo que mi madre ya estaba embarazada cuando se casaron. Simon Collier no era mi padre biológico, sino mi padrastro.

–Pero si tu apellido es distinto del suyo… –murmuró ella, sin comprender aún.

–Por los horribles crímenes que había cometido, y la reticencia de muchas familias de acogida a hacerse cargo de mí, la asistente social habló con el juez y permitió que me cambiara el apellido por de soltera de mi madre.

–Me alegra que ese hombre hiciera lo correcto y te dijera que no era tu padre.

–Sí, yo también –contestó él–. Ahora que sé que no soy su hijo me siento más tranquilo sabiendo que si algún día tengo hijos no heredarán sus genes –sentó a Mariah en su regazo–. Y ahora que ya lo sabes todo sobre mí… hay algo que llevo tiempo queriendo preguntarte.

–¿El qué? –inquirió ella, curiosa.

–¿Por qué te has mantenido virgen todos estos años? ¿Por qué me entregaste precisamente a mí tu virginidad? –le preguntó Jaron.

–¿Por qué crees tú? –le espetó ella.

–Bueno, espero que sea porque me quieres –respondió él.

–No digo que no sea esa la razón –respondió ella con cautela–, pero… ¿cómo te sentirías si fuera así?

–Me sentiría el hombre más feliz sobre la faz de la tierra –admitió él con una sonrisa–. Sería un alivio inmenso saber que la mujer que me importa más que mi propia vida me ama también.

Los ojos verdes de Mariah se llenaron de lágrimas.

–¿Tú… me quieres?

–Sí, Mariah, te he querido desde que nos conocimos –le dijo él con sinceridad–. Es solo que… no quería cargarte con el trauma que arrastraba de mi pasado.

–No sabes cuánto tiempo he esperado oírte decir eso –murmuró Mariah–. Yo también te quiero; no te imaginas cuánto…

–Y yo a ti, mi vida, y yo a ti… –susurró él, besándola en los labios.

Las lágrimas, lágrimas que Jaron esperaba que fueran de felicidad, rodaban ya por las mejillas de Mariah.

Él sacó un pañuelo de papel de la caja, que había dejado a su lado, en el asiento, y se las enjugó con ternura. Luego sacó una cajita de terciopelo negro del bolsillo de sus vaqueros. De regreso de la prisión había parado en una exclusiva joyería de Waco y había comprado un anillo.

Se levantó, posó una rodilla en el suelo, mirando hacia ella, y abrió la cajita, dejando al descubierto un anillo de plata con un diamante engarzado en él.

–Cariño, sé que no te merezco, pero te quiero con toda mi alma, y te prometo que pasaré el resto de mis días haciendo todo lo que pueda para que seas feliz. ¿Querrás casarte conmigo?

–Con una condición –le dijo ella, mirándolo con amor.

–¿Cuál es? –le preguntó Jaron. Accedería a cualquier cosa que le pidiera con tal de que le dijera que sí.

–No más secretos –le dijo Mariah–. A partir de ahora seremos completamente sinceros el uno con el otro.

Jaron asintió.

–Te doy mi palabra de que jamás volveré a ocultarte nada –sacó el anillo de la cajita y le preguntó–: ¿Me harás el hombre más feliz del mundo?, ¿quieres ser mi esposa?

–¡Sí, sí que quiero! –exclamó ella echándole los brazos al cuello.

Cuando deslizó el anillo en su dedo las lágrimas volvieron a acudir en tropel a los ojos de Mariah, y Jaron se alegró de que su hermano hubiese tenido el buen acuerdo de darle la caja de pañuelos. Volvió a sentarla en su regazo, y la abrazó mientras ella lloraba en su pecho.

–Hay… hay algo… que tengo que decirte –balbució Mariah, secándose las lágrimas.

–Soy todo oídos –le dijo él con una sonrisa.

–Esta mañana me he hecho una prueba de embarazo.

Jaron contuvo el aliento.

–¿Y cuál ha sido el resultado?

Mariah le dio la varilla. Lo que vio hizo que el corazón le palpitara con fuerza. Estaba tan aturdido que no podía articular palabra.

–Vamos a tener un bebé –murmuró Mariah vacilante, como si no estuviera segura de cómo se iba a tomar la noticia.

–Te quiero, Mariah, y no podría ser más feliz –le dijo Jaron, y la besó hasta que se quedaron sin aliento–. En estos pocos minutos me has dado todo lo que jamás pensé que podría tener –añadió con una sonrisa.

Se quedaron un buen rato abrazados, hasta que ella le preguntó:

–¿Cuándo quieres que nos casemos?

–¿Es muy pronto esta tarde? –la picó él.

–Yo estaría encantada de casarme esta tarde, pero tengo entendido que para reservar la iglesia hay lista de espera, y no creo que vayan a hacer una excepción con nosotros solo porque estés impaciente –le dijo Mariah riéndose.

–La fecha que tú digas me parecerá bien, cariño –respondió él.

–¿Por qué no nos vamos a casa y, después de hacer el amor, empezamos a planear la boda? –le susurró ella al oído.

Jaron se sintió como si las palabras de Mariah hubiesen convertido en ríos de lava la sangre que corría por sus venas.

–Me parece una gran idea.

# *Capítulo Diez*

*Dos semanas después*

De pie frente a la chimenea del salón en casa de Sam y Bria, Jaron miró su reloj. Como sus cuñadas habían insistido en que daba mala suerte que el novio viese a la novia antes de la boda, Mariah se había quedado a dormir allí. La noche se le había hecho eterna sin ella en sus brazos, y estaba impaciente por volver a verla.

La ceremonia iba a celebrarse allí. Se habían retirado los muebles, se había engalanado el salón con flores y se habían colocado sillas a ambos lados para la familia, dejando un pasillo en el centro.

Cuando comenzaron a sonar las primeras notas de la *Marcha nupcial*, Jaron miró hacia la puerta. Entonces apareció Mariah del brazo de Sam, y avanzaron lentamente hacia el pastor y él. Estaba radiante con su vestido de novia, pensó tragando saliva. Todavía no podía creerse lo afortunado que era de que una mujer tan increíble como Mariah se hubiese enamorado de él.

–¿Lista? –le preguntó en un susurro cuando llegó a su lado.

–Más que lista. Llevaba esperando a mi alma gemela toda mi vida... y ya la he encontrado –le dijo ella con una sonrisa.

–Yo también –respondió él, sonriendo también. Y la besó en la mejilla–. Pues vamos a ello.

Una hora después, concluida ya la ceremonia, Mariah y Jaron se habían cambiado y estaban celebrándolo con la familia con un aperitivo informal antes de marcharse en su viaje de luna de miel.

Jaron estaba tomándose una cerveza con sus hermanos en la barra del bar, en un rincón del salón, mientras las mujeres, con los pequeños correteando a su alrededor, charlaban y reían en un corrillo. A Jaron se le iban todo el rato los ojos hacia la que ahora era su esposa. Mariah era la dueña de su corazón, y él el hombre más dichoso del mundo.

–Bueno, y ahora que he ganado la apuesta de cuándo se casarían Jaron y Mariah y todos formamos parte del club de los felizmente cazados, ¿qué podríamos apostar? –preguntó Ryder.

–¿Cuántos niños vamos a tener? –propuso T.J. sonriendo.

Lane sacudió la cabeza.

–Tardaríamos años en saber quién ha ganado la apuesta –dijo.

–El otro día Mariah y yo estábamos hablando del rancho Last Chance, y de cómo cambió las vidas de todos nosotros –comentó Jaron–. ¿Qué os parecería si hiciéramos lo mismo por otros chicos?

–¿Qué has pensado? –dijo Sam.

–Pues… que podríamos comprar unas tierras entre todos y construir otro rancho Last Chance en memoria de Hank –contestó Jaron.

–Me parece una gran idea –dijo T.J.

–Hasta tenemos un psicólogo para que supervise a los chicos –añadió Ryder, señalando a Lane.

–Yo creo que Hank lo aprobaría –dijo Sam pensativo.

–Pues sí, si podemos dar a otros chicos una oportunidad como hizo él, yo digo que lo hagamos –asintió Nate.

–Entonces está decidido –dijo Jaron–. Podemos empezar a organizarlo todo cuando Mariah y yo volvamos de nuestra luna de miel. Y si mi mujer está lista –añadió con una sonrisa, dejando su botellín en la barra del bar–, nos iremos ahora mismo.

Fue hasta ella y la tomó entre sus brazos.

–¿Lista para que nos vayamos, señora Lambert? –le preguntó.

–Más que lista –respondió ella, besándolo.

Se despidieron de los demás, que los acompañaron fuera, donde los esperaba el monovolumen que acababan de comprar.

–Me alegra que decidiéramos irnos a Hawái de viaje de novios –le dijo Mariah mientras se abrochaba el cinturón–. Puede que sea la última vez en mucho tiempo que pueda ponerme un bikini.

–¿Por qué dices eso, cariño?

–Pues porque en los próximos años estaremos muy ocupados teniendo un montón de pequeños Lamberts –le respondió ella–. Si estás dispuesto a poner tu parte, claro –bromeó con una sonrisa pícara.

Jaron sonrió de oreja a oreja y se inclinó hacia ella para besarla.

–Más que dispuesto.

# *Epílogo*

*Un año después*

Cuando terminó la ceremonia de apertura del rancho Last Chance Hank Calvert Memorial, Jaron miró a su alrededor y sonrió satisfecho. Habían conseguido que asistiesen periodistas de distintos medios, varios políticos y el director del programa de acogida de los servicios sociales.

–Parece que nuestro sueño de continuar el legado de Hank va camino de convertirse en una realidad –le dijo Sam, que estaba a su lado, dándole un biberón a su hijo recién nacido.

Jaron asintió.

–Ojalá Hank pudiera verlo.

Lane, que tenía a su hijo en brazos, lo dejó en el suelo, y el pequeño corrió con su madre.

–Estoy seguro de que se sentiría orgulloso de que los chicos a los que salvó van a darle la misma oportunidad a otros chicos con problemas –dijo.

Nate, que tenía a su hija dormida en brazos, le dio unas palmaditas en la espalda y asintió.

–Hank siempre nos decía que, cuando viésemos a alguien en apuros, no esperásemos a que nos pidiese ayuda sino que se la ofreciéramos, ¿os acordáis?

Todos asintieron, y Jaron iba a decir algo cuando Ryder gimió con desesperación. Su hijita, a la que tenía en brazos, acababa de vomitarle en la camisa.

–El olor de una camisa limpia le da náuseas, como le pasaba a su hermana mayor –dijo limpiándose con un pañuelo.

–Yo creo que le pasa a todos los bebés –dijo T.J.–. Heather siempre lleva una blusa de repuesto en la bolsa de los pañales.

–Pues imaginaos lo que es cuando tienes gemelos –intervino Jaron entre risas–. Mantener limpia una camisa es literalmente imposible.

Nate sonrió divertido.

–Tiene gracia que vosotros, que siempre discutíais sobre si los demás tendríamos niños o niñas, hayáis tenido uno de cada.

–¡Cómo ha crecido la familia!, ¿eh? –observó T.J., paseando la vista por el salón de actos.

–Y que lo digas… –asintió Sam–. Entre los seis tenemos ya diez niños.

–Y en menos de cuatro años –añadió Lane.

Ryder se rio.

–¿Quién iba a decirnos que en cuatro años estaríamos hablando de bebés en vez de las ventajas de un cruce de Brahman y Black Angus sobre los toros de rodeo?

Mariah se acercó a ellos con el carrito de los gemelos.

–Jaron, ¿puedes vigilar a Alisa mientras cambio a Brett? –le pidió.

–Claro –respondió él. Esperó a que su esposa sacara al pequeño del carrito y la besó en la mejilla y le susurró al oído–: Gracias, cariño.

–¿Por qué? –inquirió ella sonriéndole.

–Por no darte por vencida conmigo aun cuando tenías todas las razones para hacerlo –le dijo él–. Los niños y tú sois mi mundo, y os quiero con toda mi alma.

–Y nosotros a ti, vaquero.

La profunda emoción en los ojos verdes de Mariah lo dejó sin aliento.

–¿Qué te parece si, cuando le hayas cambiado el pañal a Brett, nos vamos a casa y ponemos a los niños a dormir la siesta? –le preguntó. Y luego, le dijo al oído–: Y después nosotros podríamos hacer el amor.

–Me parece una gran idea, vaquero –le contestó ella con una sonrisa–. Aunque con el sueño que arrastramos, no sé si tendremos fuerzas para eso.

Jaron se rio.

–Eso es verdad. Estos dos no nos dejan dormir mucho.

–Y probablemente por unas cosas u otras sigan quitándonos el sueño durante unos cuantos años –respondió ella con una sonrisa mientras se alejaba hacia los servicios con Brett en brazos.

Mientras la veía alejarse, Jaron volvió a sentirse inmensamente afortunado. Tenía el amor de una mujer buena, dos bebés preciosos y cinco hermanos que lo apoyarían siempre. Y todo porque, años atrás, había tenido la suerte de que lo enviaran al rancho Last Chance.